예수 시대의 예루살렘

헤롯 성전 지도

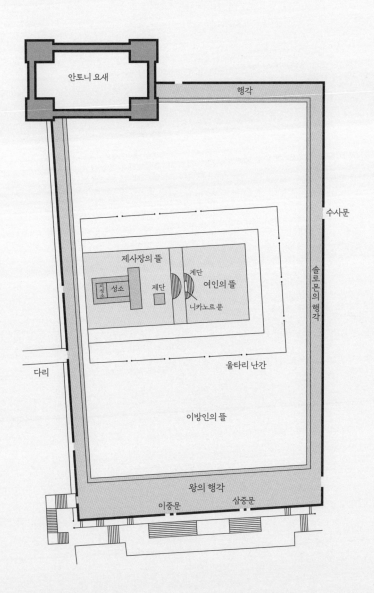

안토니 요새

행각

수사문

제사장의 뜰

계단

지성소 성소

제단

여인의 뜰

니카노르 문

솔로몬의 행각

다리

울타리 난간

이방인의 뜰

왕의 행각

이중문

삼중문

밤의 양들

2

이 도서의 국립중앙도서관 출판시도서목록(CIP)은 서지정보유통지원시스템
홈페이지(http://seonji.nl.go.kr)와 국가자료공동목록시스템(http://www.nl.go.kr/kolisnet)에서
이용하실 수 있습니다. (CIP제어번호: CIP2019032147)

밤의 양들

GOSPEL OF
MURDER

2

이
정
명 장편소설

은행나무

| 차례 |

제4일 – 2
네 번째 살인

화요일 ─ 유월절 사흘 전

28

안토니 요새 사령부는 평소보다 이른 시간에 백인대장 작전회의를 비상소집했다. 황망한 표정의 백인대장들이 회의실로 들어설 때마다 서기관은 회의록에 참석자 명단을 기록했다.

회의가 끝날 때까지 모습을 드러내지 않은 불참자는 두 명이었다. 지난밤 철야 경계를 마치고 공식적으로 불참한 사마리아 백인대장 가이우스 판테우스와 가버나움 백인대장 아카리우스 티투스였다. 테오필로스가 요새에 당도할 무렵 참사의 당사자는 백인대장 티투스로 판명되었다.

느긋하게 창밖을 내다보던 살집 좋은 장교가 인기척에 놀라 지휘부로 들어서는 테오필로스를 돌아보았다. 햇살에 반짝이는 가는 곱슬머리와 눈, 코, 입이 가운데로 몰린 동그란 얼굴이 오종종한 인상을 주는 사내였다. 턱살은 두툼했고 늘어진 뱃살은 숨을 쉴 때마다 불룩거렸다. 그는 진압군단 서기관 로물루스 안티우스라고 자신을 소개했다.

"총독 지시로 예루살렘 연쇄살인사건을 조사 중이오. 오늘 새벽 일어난 로마 수도교 살인사건에 대해 몇 가지 확인할 사실이 있소."

테오필로스는 그의 휑한 정수리를 내려다보며 말했다. 로물루스는 떨떠름한 표정으로 피살자가 백인대장 회의에 불참한 아카리우스 티투스라고 전달했다. 테오필로스는 티투스 백인대의 소집 통보서와 이동 일정 보고서 열람을 요청했다.

"그것은 제국의 군사기밀이오. 군단은 유월절에 일어날지 모를 소요에 대비한 작전 중이란 걸 모르시오?"

로물루스의 태도는 초라한 방문객에게 어떤 특권도 없다는 경고였다. 지휘 계통도, 위아래도 없이 이래라저래라 하는 불청객에게 심사가 꼬인 듯했다. 테오필로스는 그런 자를 잘 알았고 그를 움직일 방책도 알고 있었다. 단호한 척하지만 자신의 의사결정이 자기 안위에 미칠 화를 두려워하고 신중함을 가장해 책임을 회피하는 데 급급한 자들.

"작전은 이미 시작되었소. 로마군 백인대장이 죽었고 소요는 진행 중이오. 당신은 지금 백인대장 피살사건 증거 확보를 방해하고 있소. 늑장부리다 사태를 키우고 싶지 않으면 보고서를 내주시오."

로물루스는 한결 태도를 누그러뜨리고 테오필로스를 흘 깃거렸다. 초췌한 몰골로 보아 대단한 자는 아니지만 의연 한 태도를 보면 함부로 할 인물도 아니라는 판단을 한 듯했 다. 총독 지시를 받은 조사관이 맞는지 재차 확인한 후에도 그는 경계심을 거두지 않았다. 그는 나중에 이 일이 문제가 되더라도 자기에게는 책임이 없다는 다짐을 거듭 받은 후 에야 못 이긴 척 선반에서 양피지 두루마리를 내주었다.

보고서에는 티투스 백인대가 유월절 소요를 대비해 보름 전 가버나움에서 소집되어 혼성지역군에 편성된 것으로 되 어 있었다. 가버나움. 폭동과 저항이 가시지 않는 혁명의 온 상인 갈릴리의 중심도시.

"변을 당한 백인대장 티투스 휘하의 부하들을 만나보고 싶소."

테오필로스가 말했다. 로물루스는 가죽 채찍으로 허벅지 를 후려치며 오만한 표정으로 물었다.

"수도교에 목을 매었다던데 그렇다면 자살로 보는 것이 옳지 않을까요?"

"자살을 가장한 타살로 보는 편이 더 합리적이겠지요."

"타살을 가장한 자살은요?"

로물루스는 숫제 장난스러운 표정이었다. 진실은 누구도 모르는 법이라는 듯. 테오필로스는 더 이상 말장난을 이어가고 싶지 않았다. 때로 진실이 가벼운 농담처럼 허망하게 느껴지는 순간이 있었다. 지금이 바로 그런 때였다.

진리를 좇는 순수한 기쁨에 사로잡혀 책 한 권을 구하려면 길을 나서고 책상머리에서 밤을 새운 시절이 없지는 않았다. 난고 끝에 진리의 일면을 깨달으면 이전과 다른 사람이 되었다는 기쁨에 들떴고 난마 같은 현실 문제의 해결책을 찾았다는 순진한 기대에 부풀기도 했다. 그러나 언제부턴가 학문이 일그러진 현실을 한 치도 바꾸지 못할 거라는 무력감이 찾아왔다. 나이 탓인지 몰라도 그토록 큰 기쁨을 주던 학문이 어떤 가치가 있는지 통렬한 회의가 들었다.

연병장은 십인대장의 악다구니와 병사들의 고함 소리로 와글거렸다. 매해 유월절 전에는 통상적으로 몽둥이와 채찍, 방패와 포승줄을 이용한 소요 진압 훈련이 이루어졌다. 주된 군사 목적이 전투력 향상보다는 예루살렘 역내의 질서 유지였기 때문이었다.

그러나 이번 유월절의 분위기는 사뭇 달랐다. 방패와 몽둥이를 이용한 소요 진압 훈련보다는 실제 전투를 대비한 창검과 투창 훈련이 진행되고 있었다. 유대 전역의 지역부대에 대규모 동원령이 내려진 것도 이전에 없던 조치였다. 테오필로스는 전례 없는 병력 동원과 살상 훈련에 막연한 불안감을 느꼈다.

연병장에 다다른 로물루스는 지휘대로 훌쩍 뛰어올라 티

투스 휘하의 십인대장들에게 집합을 명했다. 갑옷 자락이 부딪치는 소리와 함께 십인대장들이 달려왔다. 그들 중에 유독 두 눈이 퉁퉁 부은 젊은 십인대장이 눈에 띄었다. 티투스의 죽음을 누구보다 슬퍼하며 운 부하일 것이다. 테오필로스는 병사에게 다가서서 물었다.

"직책과 이름을 말하게. 병사!"

"3군단 가버나움 주둔 제 3백인대 제 1십인대장 다대우스 수베니우스입니다."

병사의 날렵한 턱과 얼굴뼈에는 군더더기가 없었고 날카로운 눈매는 단검처럼 차가웠다. 힘주어 말할 때마다 갑옷 아래 드러난 단단한 팔뚝에서 굵은 힘줄이 꿈틀거렸다. 세월의 풍파와 햇빛에 침식당한 탓에 서른이 넘은 것처럼 보였지만 자세히 보면 갓 스물 넘은 앳된 얼굴이었다. 통상 제 1십인대장은 백인대장 전속부관이자 수석 대장이니 티투스의 최측근이라 할 수 있었다.

"어제 일몰 후 백인대장의 행적에 대해 말해보겠나?"

테오필로스의 눈꼬리에 실주름이 잡혔다. 병사는 투구를 벗어 옆구리에 꼈다. 투구에 눌린 관자놀이에 붉은 반점이 자리잡았고 땀에 젖은 머리카락은 이마에 달라붙어 있었다. 튀어나온 광대뼈와 홀쭉한 뺨 때문에 각진 턱이 유난히 도드라져 보였다. 그는 물에서 나온 개처럼 머리를 털고 손으로 머리카락을 빗어넘기며 대답했다.

"훈련을 끝낸 저희 백인대는 대장님 인솔 하에 안토니 요새를 출발했습니다."

"그게 언제였지?"

"해가 저물 무렵이었을 겁니다."

테오필로스는 조용한 곳으로 자리를 옮기고 싶었다. 그는 말없이 뒷짐을 지고 연병장을 가로질렀다. 십인대장은 시키기라도 한 듯 그의 뒤를 따랐다. 그들은 연병장 구석에 서 있는 대추야자 나무의 어둑한 그늘 아래로 들어갔다. 테오필로스는 질문을 이어갔다.

"어젯밤 안토니 요새에 머무르지 않았다는 말인가?"

"그렇습니다. 가버나움에서 소집된 저희 백인대는 예루살렘 북동쪽에 주둔하며 새벽에 안토니 요새로 이동해 훈련하고 일몰 전에 귀환했습니다."

그것은 기동력을 바탕으로 예루살렘 외곽 경계의 효율을 높이기 위한 병력편제 방침에 따른 조치였다. 주둔군과 가이사리아의 총독 친위군을 수용하기에도 비좁은 안토니 요새의 사정도 한몫했다. 이 같은 사정으로 각 지역군은 차출 위치에 따라 예루살렘 외곽 경비구역을 할당받았다. 수베니우스는 예루살렘에 소집된 지역군 운용 원칙에 대한 설명을 이어갔다.

"지역군 병력은 두 부류로 나뉘어 예루살렘 경계와 진압 훈련을 번갈아 실시하게 됩니다. 절반은 주둔지에 머물며 예루살렘으로 향하는 순례자를 검문하는 등 경계 임무를 수행했고 나머지 절반은 안토니 요새로 이동해 진압 훈련을 받게 됩니다. 다음날은 임무교대가 이루어지죠."

"숙영지로 돌아온 후에는 어떤 일을 했지?"

"병사들은 휴식을 취하고 순번이 되면 숙영지 외곽 경계 임무를 수행합니다. 밤 동안 예루살렘으로 숨어드는 수상한 자를 검문하거나 열심당 끄나풀의 도발을 적발하는 임무죠."

"어젯밤 그 시간에 백인대장은 무슨 일을 했지?"

"일반적으로 백인대장님은 숙영지를 점검하고 병사 상태를 파악하신 후 지휘막사에서 휴식을 취하십니다. 어젯밤에도 경계구역을 순찰하시며 외곽 경계병을 독려하신 후 지휘막사로 돌아가셨습니다."

"백인대장에게 뭔가 특별한 점은 없었나?"

"워낙 생각이 깊으신 분이라 속마음까지는 모르겠습니다. 다만 평소와 다른 모습을 보이시는 것이 걱정스럽기는 했습니다만 이런 일이 벌어질 줄은 몰랐습니다."

테오필로스의 입안에서 모래먼지가 버석거렸다. 연병장 저쪽에서 먼지와 땀으로 범벅이 된 병사들의 구령 소리가 들렸다.

"어떤 점이 평소와 달랐단 말인가?"

"백인대장님은 며칠 전부터 평소와 다르게 불안하고 초

조한 모습을 보이셨습니다. 예루살렘으로 오신 후 몸도 많이 쇠약해지셨구요. 어제 아침에는 가벼운 감기 증상을 보이셔서 예루살렘 시내 약재상에서 약초를 사다 드시게 했습니다. 걱정은 되었지만 한편으론 가벼움을 떠나 예루살렘까지 행군한데다 불편한 야영 생활 때문일 거라고 생각했지요."

"백인대장이 자신에게 닥칠 불운을 미리 알았거나 최소한 짐작했다는 말인가?"

"그것까지는 모르겠지만 자상하고 속 깊은 평소 백인대장님 모습은 아니었습니다. 갑자기 십인대장들을 불러서 숙영지 경계를 강화하라고 고함을 치시기도 하셨죠."

병사는 반쯤 슬픔에 잠기고 반쯤은 겁에 질린 표정이었다. 지금쯤 티투스가 병사들을 그늘로 데려가 쉬게 하라고 지시해야 하는데 왜 그러지 않는지 골똘히 생각하는 것 같았다.

"어젯밤 마지막으로 백인대장을 본 건 언제인가?"

"자정 지날 무렵이었습니다. 숙영지를 돌며 외곽 경계를 점검하신 후 지휘부 막사로 돌아와 무언가를 골똘히 생각하시는 듯했습니다. 쉬시라고 말씀드렸지만 막무가내셨죠. 낮 동안 훈련으로 곤죽이 된 저는 막사로 돌아가 곯아떨어졌습니다."

"자네가 막사에서 잠드는 것을 본 사람이 있나?"

테오필로스가 건조한 목소리로 물었다. 병사의 눈에 갑자기 경계의 빛이 어렸다. 그의 야위고 뾰족한 턱은 한탕을 노리는 악한을 떠올리게 했다.

"제가 막사에 돌아왔을 때 모든 병사들은 잠들어 있었습니다."

"자네가 잠드는 것을 본 사람이 없다는 말이군."

중얼거리는 것 같았지만 상대에게 충분히 들릴 만한 목소리였다. 테오필로스의 말을 고스란히 알아들은 병사가 두 눈을 부릅떴다.

"설마 절 의심하시는 겁니까?"

"자네가 아니라 어젯밤 백인대장을 마지막으로 본 자를 의심하는 걸세. 많은 경우 마지막 목격자는 가장 유력한 용의자로 바뀔 수 있지. 그리고 모든 용의자는 언제든 범인으로 바뀔 수 있고."

테오필로스는 차갑게 말하며 대추야자 나무 그늘을 나섰다. 겁을 집어먹은 청년의 두 눈이 불안하게 흔들렸다. 부모가 없는 동안 저지른 말썽이 탄로날까봐 노심초사하는 아이 같은 표정이었다. 구부정한 자세로 연병장을 걸어가던 테오필로스가 뒤를 돌아보았다.

"하나만 더 묻지. 이제 티투스 백인대는 해산되는 건가? 아니면 누가 지휘를 맡게 되지?"

작전 중 백인대장 유고 시 후임이 결정되기 전까지는 통상 수석 십인대장이 역할을 대행하는 관례를 테오필로스가 모르는 건 아니었다. 그런데도 굳이 수베니우스에게 그 사실을 확인한 이유는 따로 있었다. 지난밤 티투스를 마지막으로 보았다는 정황 때문에 유력한 용의자로 지목된 그의 간접적 살인 동기를 확보하는 셈이기 때문이었다.

"백인대가 어떻게 되든 누가 지휘를 맡든 그것은 제 소관이 아닙니다."

청년은 떨리는 목소리를 애써 가다듬고 대답했다. 테오필로스는 겁에 질린 청년의 표정을 세심하게 관찰했다.

"그럼 뭐가 자네 소관이지?"

"저희 백인대는 예루살렘 북쪽 외곽 경비 임무를 맡고 있습니다. 저는 훈련이 끝나는 대로 서둘러 주둔지로 이동해야 합니다."

"고맙네."

테오필로스는 싱겁게 웃으며 걸음을 옮겼다. 청년은 불안한 눈빛으로 그의 구부정한 뒷모습을 바라보았다.

29

헤롯궁에 도착한 테오필로스를 맞은 사람은 코르비우스였다. 그는 마치 기다리기나 했던 것처럼 총독실로 향하는 테오필로스의 발길을 막고 섰다. 느긋한 표정을 짓고 있었지만 그의 눈빛에는 초조함이 담겨 있었다. 그는 테오필로스가 숨을 돌리기도 전에 궁금증을 드러냈다.

"안토니 요새에서 백인대장 피살사건을 조사하셨다던데…… 뭐가 좀 나왔소?"

테오필로스는 그의 갑작스럽고도 과도한 관심이 달갑지 않았지만 피살자가 로마군인이라는 점을 생각하면 건질 것이 있을 수도 있겠다는 생각이 들었다.

"글쎄요. 특별한 사항은 없었습니다. 그런데 사령관께서는 이 사건에 관심이 많으신 것 같군요."

"총독께서 고심이 크시오. 나라도 뭔가 할 수 있는 일을 찾아 조사관님을 도와야 하지 않겠소?"

"혹 백인대장 티투스를 아시는지요? 사건과 관련해서 해주실 말씀이라도 있으십니까?"

테오필로스가 은근히 물었다. 코르비우스는 정색을 하고 대답했다.

"난 티투스란 자의 말로가 좋지 않을 것을 진작에 알았소. 대로마 군단 백인대장으로서 집 안에서 부리던 종놈을 군영에 들이는 것도 모자라 핵심 참모로 썼으니 말이오."

"다대우스 수베니우스가 유대인이란 말씀인가요?"

테오필로스는 조심스럽게 물었다. 코르비우스는 대화의 주도권을 잡았다고 판단한 듯했다.

"물론이오. 점령지에서 전사를 발탁해 군에 편입시키고 일정한 복무기간과 전공에 따라 시민권을 주는 것은 오래된 제국의 군사 정책이오. 그 덕에 로마군은 핵심 전력인 중무장 보병대를 로마 시민으로 유지하면서 정찰, 투석, 궁병 같은 보조 부대의 부족한 인력자원을 속주민으로 대체할 수 있었던 거요."

"그런데 수베니우스가 유대인이란 사실이 무슨 문제라도 됩니까?"

"그자는 유대인일 뿐 아니라 갈릴리인이오. 갈릴리인이 어떤 자들이오? 상관의 어떤 지시도 빈틈없이 따르는 복종심과 명령을 수행하는 능숙한 태도에도 반역의 기운이 도사리고 있는 자들이오. 그 교활한 조롱과 건방진 우월감이라니! 끊임없이 반란을 획책하고 폭동을 일으키고 등 뒤에 화살을 날리니 속주민이 아니라 적이오. 그런 족속의 무엇을 믿고 백인대장을 보좌하는 중책을 맡긴단 말이오?"

코르비우스는 거무튀튀한 피부와 이글거리는 눈빛, 건장한 체구와 억센 말투의 갈릴리 사내가 눈앞에 보이는 것처럼 적의를 드러냈다. 테오필로스가 대꾸했다.

"갈릴리인이라서가 아니라 인간이기 때문에 반항적인 거죠. 원치 않는 타민족 지배에 저항하지 않을 사람은 없으니까요. 보조 부대가 아닌 정식 보병대라는 점이 걸리긴 하지만 십인대장을 발탁하는 것 또한 백인대장의 고유권한 아닌가요?"

코르비우스는 평생 책상물림만 해온 샌님을 한심한 눈으로 쏘아보며 대꾸했다.

"전쟁은 책상에 앉아 굴리는 잔머리 싸움이 아니라 죽이지 않으면 죽는 개싸움이오. 하지만 좋아요. 그거야 그렇다 쳐도 티투스의 실책은 그것뿐만이 아니었소."

테오필로스는 가만히 몸을 앞으로 기울이고 물었다.

"전시가 아닌 평상시에 백인대장이 저지를 실책이 무엇이죠? 설마 반역이라도 저질렀다고 말하려는 건가요?"

"반역? 반역은 아니지만…… 아니, 그렇게 불러도 틀린 말은 아닐 거요. 티투스는 가버나움에서부터 로마군 백부장의 권위를 팽개치고 선지자를 자청하는 미치광이를 따라다녔으니까. 설교를 듣는 것으로 모자라 병사들에게 자신이 왕이라고 주장하는 그자의 궤변을 전하고 다녔소. 이게 황제의 권위에 도전하는 반역 행위가 아니면 무엇이겠소?"

코르비우스는 싸움을 거는 것처럼 흥분했다. 로마 백인대장의 살인에까지 등장한 예수의 존재에 테오필로스는 당혹감을 느꼈다.

"로마 백인대장이 떠돌이 사기꾼의 말을 믿고 전파했다면 유감이군요. 그러나 그게 반역죄라면 군법으로 다스리면 될 텐데 굳이 수도교에 목을 매달 이유가 있을까요?"

"티투스가 죽은 건 황제에 도전해서가 아닐지도 모르오.

아마도 건드리지 말아야 할 걸 건드린 게 아닐까 하는 짐작이……."

"그가 뭘 건드렸죠?"

코르비우스는 한동안 말을 꺼낼지 말지 망설이더니 결연하게 말했다.

"미트라 신이오. 미트라를 믿는 병영 내 군인들이라는 게 정확하겠군."

이집트 태양신과 조로아스터교 같은 동방종교를 연구하던 시절, 테오필로스는 미트라교에 관심을 둔 적이 있었다. 그러나 극도로 비밀스러운 교리와 계율 탓에 그 실체를 세세히 접할 수는 없었다. 다만 조로아스터교 최고신 아후라 마즈다의 분신인 미트라를 빛과 진실, 정의와 용기, 언약과 심판의 신으로 숭배한다는 정도를 들어 알 뿐이었다. 특이한 점이라면 이 비밀스러운 종교가 로마 군내에 급속히 퍼지고 있다는 사실이었다.

"그런데 적국인 파르티아 종교가 로마군인들 사이에 만연하는 이유라도 있나요?"

테오필로스가 물었다. 코르비우스가 대답했다.

"미트라가 전쟁의 신이기 때문이었소. 게다가 미트라는 승리의 신이기도 하오. 전쟁에서 이기려면 미트라 신의 도움이 반드시 필요한 거요. 항상 전쟁과 직면하는 군인에게 승리를 가져다주는 신이라면 어느 곳에서 왔든 무슨 상관이겠소? 미트라를 믿는 병사가 승리한다면 그것이 곧 로마의 승리가 아니겠소? 미트라 교리는 왕과 군인 사이의 강력한 상호 의무와 충성심에 기반하고 있지요. 그런 만큼 입교 절차는 극도로 까다롭고 비밀스럽소. 교리 학습과 장기간 금식은 물론 몸에 문신을 새기거나 맨발로 뜨거운 불 속을 지나는 혹독한 육체적 고행도 수행해야 하오. 그리고 나서 황소를 잡아 고기와 피를 함께 먹고 마시는 입교식을 거쳐야 비로소 미트라 교도로 인정받을 수 있소."

"피와 고기…… 그런데 왜 황소여야 하죠?"

"젊고 아름다운 신 미트라는 어느 날 흰 소를 죽여 제물로 바치라는 태양신의 명을 받았소. 그는 흰 소가 숨은 동굴로 쫓아가 단검으로 배 옆쪽을 찔렀소. 죽은 흰 소는 놀랍게도 하얀 달로 변했는데 그 등뼈에서 밀이, 꼬리에서 낟알의 첫 이삭이, 피에서는 포도나무가 쏟아져나왔지. 미트라와 태양신은 죽은 황소 고기와 피로 승리를 축하했소. 그후 미트라는 투구와 갑옷을 입고 방패와 창을 든 군인의 모습으로 네 마리 백마가 끄는 태양 전차에 올라 세상을 다스리고 있다오."

황소를 제물로 바쳤다는 미트라 신화에서 테오필로스는 얼핏 한 동방종교의 창조론을 떠올렸다. 조로아스터교에서는 아후라 마즈다가 만든 키유마르스라는 사람의 등에서 인류가 나왔고 모든 동식물이 황소의 정액으로 만들어졌다고 했다. 그렇다면 피살자들의 피와 가죽은 미트라교 입교 의식과 관련이 있는 것일까? 훼손된 희생자의 시신과 제물로 쓰인 고기와 피는 어떤 연관이 있을까?

모든 피살자들의 옆구리에 남은 자상은 황소의 옆구리를 찌른 미트라의 제의 행위를 모방한 것처럼 보였다. 그렇다면 살인은 토라의 구절을 따른 것이 아니라 미트라 신화에 기반하고 있는 것일까? 티투스가 미트라를 믿는 군인들의 적대감을 샀다면 율법에 의한 살인과 다른 경로로 접근하는 것이 옳았다. 당연히 살인자는 미트라를 신봉하는 광신적 교도일 가능성이 있었다. 그러나 현장에 남아 있는 단서들은 이전 사건들과 동일인의 소행으로 보이지 않았던가. 테오필로스는 다시 물었다.

"미트라가 군인의 신이라면 입교한 교도들도 군대처럼 서열과 계급이 있겠지요?"

"입교자는 계율 지식, 점성술 능력 등을 기준으로 일곱 행성을 상징하는 계급을 거치게 되오. 갈가마귀는 수성Mercury, 신랑은 금성Venus, 군인은 화성Mars, 사자는 목성Jupiter, 페르시아인은 달Moon, 태양의 사자使者는 태양Sun, 아버지는 토성Saturn이오. 그중에서도 공기를 상징하는 '갈가마귀'는 지성의 세계를, 물을 상징하는 '신랑'은 창조의 세계를 의미하오. 땅을 상징하는 '군인'은 용맹과 승리의 세계고 불을 상징하는 '사자'는 사람과 시간, 물질의 세계요.

이 네 가지가 세상의 타락과 천상의 거룩함을 이루는 근본 물질이오."

테오필로스의 잿빛 눈에 힘이 들어갔다. 바람과 물과 불과 흙은 그리스 자연철학자 엠페도클레스의 4원소론을 떠오르게 했다. 그렇다면 미트라 교도들은 창조 신화와 그리스 철학을 접목시킬 지적 역량을 지닌 자들일까? 테오필로스는 다시 이야기의 처음으로 되돌아갔다.

"티투스는 부하들에게 존경받는 유능한 백인대장이라고 들었습니다. 그에게 무슨 문제가 있었기에 살해당했을까요? 그가 뭘 건드린 거죠? 미트라의 교리? 미트라의 위계질서?"

"실은 병사들 사이에서 티투스에 대한 원성이 있었소. 그는 예수라는 자의 가르침을 병사들에게 전했을 뿐 아니라 미트라를 믿는 병사나 백인대장들과 설전을 벌인 적도 있소. 실제로 티투스에게 설득당해 미트라 신앙을 포기한 병사들도 있었다는 거요. 그 가르침이란 것이 실로 황당하기 짝이 없었소. 용맹한 군인들에게 '죄를 회개하라'며 자책감을 심어주는가 하면 전투에 나설 병사들에게 '누가 네 오른쪽 뺨을 때리면 왼뺨을 내밀어라'며 사기를 꺾어놓기 일쑤였소. 그러니 철저한 투쟁 정신으로 무장한 미트라 교도들이 그의 처사에 반발한 것도 당연하지 않겠소? 이방의 제도와 종교를 수용하는 문화적 포용력이야말로 강성한 제국의

원동력인데 군인들의 사기를 진작하는 전쟁의 신, 승리의 신을 격하한 셈이니 말이오."

테오필로스는 지나가는 말처럼 물었다.

"그렇게 말씀하시니 사령관께서도 독실한 미트라 신도처럼 들리는군요."

코르비우스는 잠시 대답을 미룬 채 테오필로스의 표정을 살폈다. 그러더니 곧 표정을 바꾸어 자신만만하게 대답했다.

"로마군이 승리할 수만 있다면 나는 어떤 신에게도 매달릴거요."

테오필로스는 살해되기 전 티투스를 극도로 불안하게 했던 두려움의 정체가 궁금했다. 그것은 미트라 신이었을까? 아니면 미트라를 믿는 부하였을까?

30

유대 심장부에 건설된 미트라 신전 메흐라베는 어둠에 잠겨 있었다. 어둠은 모든 것을 삼킨 채 침묵하는 거대한 짐승 같았다. 눅눅한 공기 속에서 음산한 소리가 새어나왔다.

"미트라! 죽음으로부터의 구세주이자 승리의 전사여. 빛과 선의 근본이신 아후라 마즈다의 분신이여. 당신은 영원한 피를 흘림으로써 우리를 구원하셨습니다."

등을 둥글게 말고 웅크린 사내는 어둠 속에서 하늘을 향해 미트라 찬가를 읊조렸다. 그는 자신이 꿇어앉은 이 좁고 어두운 메흐라베야말로 태양신 미트라가 임재하는 성소라고 확신했다. 가장 밝고 거룩한 신 미트라가 가장 은밀하고 가장 어둡고 가장 낮은 자리에 거한다는 이율배반을 그는 이해했다.

간절한 기도를 끝낸 그의 몸은 땀으로 뒤덮였다. 희박한 공기 때문에 머리가 빠개질 것 같았다. 열에 들뜬 몸으로 좁은 문을 기어나온 그는 깜깜한 통로를 따라 나아갔다. 작업실은 막다른 통로 끝에 있었다.

문을 열고 안으로 들어선 그는 부싯돌을 부딪쳤다. 촛불을 붙이고 유리 덮개를 씌우자 주변이 밝아왔다. 가로세로가 스무 걸음쯤 되는 공간 중앙에 침상처럼 생긴 긴 탁자가 보였다. 옆에는 커다란 물통 두 개가 있고 안에는 거뭇한 액체가 담겨 있었다. 반대쪽에는 굵은 바늘쌈지, 가죽을 다듬는 크고 작은 나무망치와 날카로운 가죽칼 여러 개가 보였다. 반듯한 가죽 거치판과 둥글게 박힌 나무못은 언뜻 오래된 가죽공방을 연상케 했다.

깊이 눌러썼던 두건을 벗은 사내의 얼굴은 양피지처럼 희고 창백했다. 머리털이 한 올도 없는 두피와 앞이마는 나이를 종잡을 수 없게 했다. 턱수염과 구레나룻, 눈썹까지 말끔히 밀어버린 얼굴은 괴기스럽게 보였다. 눈썹 없는 눈두덩 아래 검은 두 눈이 번들거렸고 얇은 입술은 조소를 머금고 있었다.

사내는 감은 눈을 뜨지 않은 채 검은 진흙 덩어리가 놓인 탁자로 다가갔다. 그는 탁자 옆 도구함을 열고 붓과 끌개를 비롯한 도구를 꺼내 작업대 위에 늘어놓았다. 그리고 검은 천으로 된 앞가리개를 하더니 익숙한 손놀림으로 젖은 흙 덩이를 매만지며 엉겨 붙은 흙을 끌개로 긁어내고 우묵한 부분을 솔로 털어냈다. 더께더께 앉은 흙을 물로 씻어내자 희고 단단한 물체가 모습을 드러냈다.

사내는 진귀한 보석이나 도자기를 감상하는 로마 귀족처럼 반짝이는 두개골을 경탄하며 바라보았다. 작업대 맞은편 벽 문을 열자 서늘한 공기가 밀려나왔다. 둥근 벽을 돌아가며 파인 홈마다 해골이 들어 있었다. 바닥에 동심원 꼴로 놓인 키 높이 선반에도 두개골이 빼곡했다.

깊은 어둠 속에서 안식하고 있는 영혼들은 한때 미트라의 광명을 수호한 사제였고 어둠과의 전쟁에서 승리한 전사였고 미트라 계율을 로마에 전한 순교자들이었다. 그는 빛나는 백골을 선반 빈자리에 조심스럽게 놓았다.

사내의 이름은 피슈카르, 페르시아어로 '의무에 충실한 자'라는 뜻이었다.

어둠 속을 걸어나온 그는 미트라 계율을 되뇌며 희미한 벽화를 응시했다. 내동댕이친 황소의 등에 올라 슬픈 표정으로 얼굴을 돌린 채 칼로 황소의 옆구리를 찌르는 젊은 신 미트라였다. 황소 머리 근처에는 흐르는 피를 받아먹는 개와 뱀이, 둥근 천장에는 까마귀가 그려져 있었다. 죽은 황소 꼬리와 그 피에서 나온 낟알의 첫 이삭과 포도 덩굴도 보였다. 벽화는 세계가 창조되는 기적의 순간을 포착하고 있었다.

성전 맞은편 지하에 건설된 이 신전은 지난 10여 년 동안 소수의 충성스런 신도들이 이뤄낸 은밀한 역사였다. 이 메흐라베 지하 통로는 성전 지하 공간과 은밀하게 통하며 안토니 요새 지하와도 통했다. 그들의 일거수일투족을 파악하는 것은 물론 때가 오면 가장 허약한 내부를 궤멸시킬 경로이기도 했다.

작업실로 돌아온 피슈카르는 앞가리개 끈을 질끈 동여맸다. 작업대에는 흰 돌가루를 뿌려 표백 작업을 끝낸 가죽이 반듯이 펼쳐져 있었다. 이제 표면에 광택을 내는 최종작업을 마치면 이 가죽은 최상의 양피지로 태어날 것이다.

피슈카르는 양질의 양피지를 만드는 모든 공정을 완벽하게 이해했다. 벗겨낸 가죽을 씻고 수조에 불리는 첫 작업부터 라임 섞은 물에 담가 털뿌리를 녹이고, 나무 막대기로 저어 잡티를 없애고, 둥글고 무딘 칼로 가죽 바깥의 털과 안쪽 기름기를 긁어내고, 다시 맑은 물에 담가 라임 성분을 빼고, 흰놈 골짜기의 건조틀에서 말리는 일을 그는 숙련된 장인처럼 해냈다.

매끄럽고 속이 비칠 것 같은 우윳빛 가죽은 지난 10년 동안 무두질해온 양 가죽과는 차원이 달랐다. 그것은 가장 연하고 매끄러운 인간의 등가죽이었다. 수많은 비의와 상징을 숨긴 미트라 애가와 베다 계율이 이 부드럽고 매끄러운 인피지에 한 자 한 자 필사될 것이다. 그것은 단순한 글이 아닌 진리이며 금방 사라지는 인간의 말이 아니라 영속할 미트라의 언약이었다.

그는 이마의 땀을 닦고 섬세하고 부드러우며 얇고 광택이 나는 가죽 냄새를 맡았다. 양피지를 만들어 미트라의 가르침을 필사하고 미트라 전사의 두개골을 수습하는 사명을 위해 그는 할 수 있는 모든 일을 할 것이었다. 할 수 없는 일, 해서는 안 되는 일까지도 망설임 없이 해낼 준비가 되어 있었다.

피슈카르는 미트라 신전에서 성전으로 통하는 비밀통로를 손금 보듯 환하게 알았다. 지하 성전은 미궁처럼 복잡했지만 어둠에 익숙한 그의 눈은 횃불이 없어도 정확하게 방향을 잡았다. 오른쪽은 성전 방향이고 왼쪽은 감람산 방향이었다. 얽히고설킨 통로들은 식량창고나 무기고, 지하 감옥처럼 각각의 기능을 가진 공간으로 연결되었다.

갈림길을 지나자 통로는 더 넓어지고 천장도 높아졌다. 통로 끝에 이른 피슈카르는 허리춤의 열쇠로 작은 나무문을 열었다. 그곳은 모든 지식과 기록물이 모이고 보관되는 성전 장서고였다.

피슈카르는 불을 밝힌 촛불을 들고 어둠 속으로 걸어들어갔다. 희미한 불빛이 고대 경전과 토라 원본과 수많은 이본들, 랍비의 가르침과 수도사의 명상집, 선지자의 예언서와 솔로몬 왕조 기록을 비추었다. 그곳에는 이집트의 파피루스와 그리스 신화와 자연철학 저술과 로마 군사학 서적 같은 이교 기록물도 수집되어 있었다. 이방신과 학문을 알아야 그 논리를 무너뜨리고 율법의 권위를 지킬 수 있다는 방침 때문이었다. 그러나 신심이 깊은 율법사들은 시간이 갈수록 여호와의 권능을 부정하는 이교 기록 관리 업무를 꺼렸다. 그러다 보니 관심에서 멀어진 장서고는 불경스런 기록과 문서의 무덤이 되고 말았다.

메흐라베에서 성전으로 이어지는 지하 통로를 개척한 피슈카르는 누구도 접근할 생각을 하지 않는 외진 장서고야말로 자기가 있어야 할 자리라고 확신했다. 기록을 선별하고 정리하는 일은 오로지 그를 위한 일이었고 그가 가장 잘하는 일이었다.

그는 정체를 숨기고 장서고를 관리하는 레위인에게 접근해 잡역을 도맡았다. 서가를 청소하고 책벌레 방역 작업을 하고 늘어진 서가 널을 고치고 손상된 양피지를 필사하고 새로운 자료들을 선별했다.

6개월이 지날 무렵 그는 장서고 관리인보다 더 업무에 능숙해졌다. 관리인은 하루라도 빨리 그에게 장서고 관리를 통째로 넘기고 싶어 안달이었다. 마침내 그 레위인은 두 달 동안 고심한 끝에 피슈카르에게 열쇠를 넘기고 장서고를 떠났다. 그러고는 그런 불경스런 공간이 있다는 사실조차 잊어버렸다.

장서고에는 긴 사다리가 걸쳐진 높은 서가가 끝없이 늘어서 있었다. 서가에 보관된 수십만 종의 양피지는 나라와 지역, 주제에 따라 분류되었다. 서가마다 분류기호인 듯한 글자가 쓰여 있었는데 히브리어와 그리스어는 물론 정체불명의 동방문자도 보였다. 비릿한 양피지 냄새, 눅눅한 어둠, 희박한 공기, 가위눌릴 듯한 적막……

피슈카르는 자신을 둘러싼 모든 것이 마음에 들었다. 읽어야 할 것과 읽지 말아야 할 것, 읽어서는 안 될 것. 신성모독적인 이집트 비서, 동방에 흩어진 주술서 필사본과 이집트 신관의 구술 기록, 양피지에 쓴 것과 파피루스에 쓴 것, 점토판에 쓴 것들……

피슈카르는 그리스어와 이집트어를 배운 적이 없었지만 그리스어가 적힌 두루마리와 이집트 문자를 설명한 파피루스를 대조하는 방식으로 동방언어를 익혔다. 그리고 그리스 철학과 페니키아의 종교, 이집트와 로마 신들을 섭렵했다.

장서고는 수비대장의 정세 보고서와 회당장들의 동정 보고, 디아스포라에서 날아오는 정기 보고서의 집결지이기도 했다. 지중해 연안 도시에 파견된 밀정의 정탐 보고서, 성전과 지역 회당을 오가는 전서구의 발목에 달린 전갈, 제사장 회의록, 대제사장 지시문…….

피슈카르는 막막한 어둠 속에서 예루살렘과 로마의 권력 핵심부를 꿰뚫어보았다. 각지에서 수집된 조각정보들을 분석해 예루살렘 골목골목에서 무슨 일이 일어나는지, 성전 구석구석에서 어떤 이야기가 오가는지 손금처럼 세밀히 들여다보았다.

최근 취합된 정보들은 하나같이 위태로운 정세를 경고하고 있었다. 문제의 근원은 예수라는 자였다. 최근 몇 년 동안 갈릴리 지역뿐 아니라 예루살렘까지 뒤흔든 그의 행위는 생각하기조차 불경했다. 그가 교활한 언변으로 군중을 미혹시키고, 율법을 무너뜨리는 것은 상관없었다. 그런 속임수라면 미트라교 포교에도 나쁠 것이 없었다.

상황이 달라진 건 그를 추종하는 무리가 급속도로 늘어나면서부터였다. 수천 명의 여자와 어린아이들이 놈을 따랐고 창녀와 이방인들도 몰려들었다. 급기야 로마인들까지 놈에게 현혹되기 시작했다.

그자의 궁극적 포교대상이 유대인보다는 로마인과 이방인이라는 사실이 분명해졌다. 미트라를 신봉하는 로마군인이 놈의 미혹에 넘어간다면 어떤 재앙이 될지 생각하는 것만으로도 끔찍했다. 게다가 비밀스럽고 폐쇄적인 미트라의 교리와 달리 그자의 주장은 누구나 이해하기 쉽고 설득력이 있었다. 지금처럼 추종자가 늘어난다면 상당수의 미트라 교도가 이탈할 수도 있었다. 피슈카르는 미트라가 휘두르는 분노의 칼이 될 준비가 되어 있었다.

"거짓된 나사렛 놈이 예루살렘으로 왔다. 왜지?"

피슈카르는 어둠을 향해 물었다. 대답을 구한 것이 아니라 분노를 극도로 증폭시키기 위해서였다. 그는 지그시 눈을 감고 속으로 대답했다. 놈은 이곳에서 해야 할 일이 있다. 그것이 무슨 일인지는 모르지만 놈이 하는 대로 내버려두지는 않을 것이다.

31

수도교에서 죽은 로마군인의 소식은 오전이 채 지나기 전에 순례자들 사이에 퍼졌다. 안토니 요새에서 새어나온 피살자 신원과 그의 행적에 대한 소문들이었다.

마티아스는 소문의 진위를 가리기 위해 성전 안팎의 정보통을 최대한 동원했다. 몇몇 환전상과 레위인들, 성전 밖 장사꾼들의 말을 종합해보면 죽은 아카리우스 티투스에게는 친아들처럼 아끼던 유대인 병사가 있었다. 다대우스 수베니우스. 안토니 요새에 있을 테니 지금은 접근할 방법이 없다. 일몰 후 주둔지로 찾아가는 수밖에 없었다. 그 전에 우선 주린 배를 채워두어야 했다. 벤자민이 일하던 빵공장에 들렀다가 코르넬리아에게 들러 최근 상황을 탐문해볼 수도 있을 것이다. 마티아스는 잰 발걸음을 옮겼다.

시장 모퉁이를 돌아섰을 때 한 사내가 앞을 가로막았다. 그는 의심을 가득 담은 검은 눈으로 연신 주위를 살폈다. 그러더니 망설임 끝에 자기 이름이 도마라고 조심스럽게 말했다. 몇 차례에 걸쳐 야이로의 딸을 만났다는 예수의 심복이었다.

마티아스의 전신 근육이 반사적으로 바짝 긴장했다. 놈을 잡아들이라는 조나단의 특명이 날카롭게 머릿속을 스쳤다. 마티아스는 본능적으로 한쪽 팔로 도마의 목을 감아 조르며 팔을 비틀었다. 도마는 저항 없이 마티아스가 하는 대로 내버려두었다.

뭔가 이상하다는 생각이 들었다. 이자는 살인 용의자로 지목된 사실을 알면서도 의도적으로 자신을 미행했다. 이유가 뭘까? 일단 이자의 속셈을 파악하는 것이 우선이었다. 이런 약골을 체포하는 건 언제든 할 수 있을 테니까. 마티아스는 그의 목을 조른 팔을 풀었다.

"마리아라는 여인이 당신을 만나기를 원하고 있소."

도마는 경계심을 품은 목소리로 소곤거렸다. 마리아라는 이름을 듣는 순간 마티아스는 찬물을 뒤집어쓴 것 같았다. 그녀가 무엇 때문에 만나기를 청하는 걸까? 어쩌면 자신을 옭아매려는 제자단의 덫이 아닐까? 그렇다 해도 두 눈으로 직접 그것이 덫임을 확인해야 했다.

도마는 자신을 따라오라는 말과 함께 앞장서서 걷기 시작했다. 예루살렘 남쪽 시가지를 지나가는 동안 그를 놓쳐서는 안 된다는 생각에 마티아스는 바짝 그를 따라붙었다. 그들은 더럽고 꼬불꼬불한 골목을 지나갔다. 골목 안은 담장을 넘나드는 소리들로 와글거렸다. 구역을 다투는 장사꾼들의 고함 소리, 늙은 남자의 기침 소리, 바닥에 질그릇이 떨어져 깨지는 소리, 돌바닥에 달각거리는 나귀의 발자국 소리, 낮잠을 깬 개가 하늘을 보며 짖는 소리, 한 마리가 짖자 또 다른 개가 짖고 골목의 모든 개들이 짖는 소리…….

그들은 왼쪽으로 방향을 꺾었다. 좀 더 좁고 인적이 뜸하고 오래된 골목이 나타났다. 집들은 처마가 낮고 두꺼운 창문에는 나무살이 쳐져 있었다. 도마는 골목 끝에 있는 민가 앞에서 발걸음을 멈추었다. 그러더니 뒤따라오는 사람이 없는지 주변을 살핀 후 마티아스를 문 안으로 들여보냈다.

중앙 홀을 지나자 자갈이 깔린 안뜰이 나타났다. 정원에는 올리브와 무화과 나무가 심어져 있었고 잘 익은 열매가 붉은 속살을 드러냈다. 도마는 마티아스를 그곳에 남겨두고 미끄러지듯 사라졌다. 문설주가 삐걱이는 소리와 함께 그녀가 다가왔다.

"여기까지 오느라 불편하게 해서 미안해요."

한 손으로 테라스 난간을 매만지며 마리아가 말했다. 조심스러우면서도 당당한 태도였다. 자신을 둘러싼 수많은 소문을 알면서도 어떻게 이토록 당당할 수 있을까? 수많은 손가락질과 비난에도 꿋꿋하게 예수를 따르는 힘은 어디에서 오는 걸까?

그녀에 대한 소문은 입에 담기 어려웠고 그녀를 향한 손가락질에도 타당성이 있었다. 마티아스 또한 그녀를 비난해야 마땅했다. 그럼에도 그녀를 막무가내로 대하기는 힘들었다.

"내가 죽을 걸로 생각했나본데 난 그렇게 쉽게 죽을 사람이 아니오."

그녀는 퉁명스럽게 대답하는 그의 찢어진 눈두덩과 터진 입술을 훑어보았다. 경계와 호기심이 반반씩 담겨 있는 눈빛이었다. 달콤한 고통이 마티아스의 온몸을 지나갔다.

"이번 일이 잘 해결되면 죄를 사면 받을 거요. 유월절에 총독의 사면을 받으면 죄 사함을 받을 수 있으니까. 그럼 난 이 지긋지긋한 도시를 떠날 거요."

마티아스는 이 진저리쳐지는 도시에서 도망치고 싶었다. 어디로 가야 할지는 모르지만 이곳을 떠날 수만 있다면…… 그래. 로마로 달아나는 거야.

로마에서 온 여행자와 순례자, 군인과 뱃사람들의 이야기를 듣는 동안 그는 생생하고 구체적으로 로마를 동경했다. 상상 속의 그 도시는 웅장하고 아름다웠다. 너무 웅장해서 마음이 불편해지고 너무 아름다워서 고통스러울 정도였다. 그곳에서는 모든 일이 가능할 것 같았다. 상인들의 활기찬 말투와 짤랑거리는 동전소리, 더 많은 돈과 권력을 긁어모으는 부자와 권력자들, 향기를 풍기며 웃는 여인들, 각자의 꿈을 껴안고 살아가는 백정과 석공과 노역자와 군인과 부랑자들…… 그는 어떤 두려움도 후회도 없이 투명한 빛이 튀어오르는 로마의 거리를 당당히 걷고 싶었다. 그러나 마리아는 냉담한 목소리로 그의 달콤한 상상을 깨뜨렸다.

"사면이라고 했나요? 마태를 연쇄살인범으로 만드는 대가로 말인가요?"

그녀의 표정은 대리석 조각처럼 단단하게 굳어 있었다. 그렇다고 화를 내거나 걱정하는 것 같지는 않았다. 상대를 비난하는 것인가? 아니면 떠보고 있는 것인가? 마티아스는 모래를 씹는 것처럼 서걱거리는 목소리로 말했다.

"그자가 살인자인지 아닌지는 성전수비대가 판단할 거요. 난 살인사건을 조사할 뿐이오."

"당신이 해야 할 일은 살인사건 조사인지 뭔지를 당장 그만두는 거예요. 엉뚱한 사람을 살인자로 모는 짓 말이에요."

마티아스는 거절당하는 일에 익숙했다. 누구도 그의 말을 귀담아 들어주지 않았으며 누군가의 비난받는 일 또한 일상이었다. 그런데도 그녀의 단호한 말에는 가슴이 욱신

거릴 정도로 상처를 받았다. 그는 잠시 생각을 가다듬고 말했다.

"내가 범죄자라는 걸 부인할 생각은 없어요. 난 도둑이고 사기꾼이며 폭력배이고 싸움꾼이고 살인자니까. 그렇지만 아무리 제멋대로 살아왔어도 멀쩡한 사람을 살인자로 만든 적은 없소."

"지금 그렇게 하고 있어요."

마리아의 두 눈에 감출 수 없는 분노가 스쳐갔다. 마티아스는 비로소 그녀가 만남을 청한 이유를 알 것 같았다. 그녀는 그의 조사를 중단시키려 하고 있었다.

그녀의 의도가 명백해지자 마티아스는 현실을 있는 그대로 바라볼 수 있었다. 갑자기 그녀에게 무언가를 기대했다는 사실이 말할 수 없이 부끄러웠다. 그녀에게 무엇을 기대했던 걸까? 그는 쓸쓸한 실망감을 감추고 냉정을 되찾았다.

"당신이 어떻게 그런 자를 따르게 됐는지 모르지만 그자가 얼마나 흉악한지 알아야 해요. 지금이라도 그자의 손아귀에서 빠져나와야 해요."

"마티아스!"

그녀의 입에서 나온 자신의 이름은 마치 그가 모르는 사람의 것처럼 낯설었다. 마리아는 결연하게 말을 이었다.

"난 위험에 처하지 않았고 그분은 흉악하지 않아요."

마티아스의 뱃속에서 증오가 부글거리며 끓어올랐다. 그

녀에 대한 증오가 아니라 그녀를 이토록 맹목적으로 복종하도록 한 가짜 선지자와 떠돌이 추종자들에 대한 분노였다.

"마태가 어떤 자인지 알아요? 놈은 짐승보다 못한 세리요."

"그래요. 이곳에 과거가 없는 사람은 없어요. 그들은 한때 어부였고 세리였으며 열심당원이기도 했죠. 하지만 이곳에서는 모두 그분의 제자일 뿐이에요. 당신에게도 과거가 있겠죠?"

마티아스는 그녀에게 자신의 과거를 이야기해주고 싶었다. 길지 않은 삶이었지만 하고 싶은 말이 너무 많았다. 그러나 무거운 십자가처럼 떠메고 살아온 힘겨운 삶을 누구에게도 털어놓을 수 없었다. 어떤 언어로도 자신의 부끄러움을, 두려움을, 죄와 가책을, 타인에게 저지른 일과 자신에게 벌어진 일들을 설명할 방도가 없었다. 겨우 도살자였고 밀정이었던 살인자의 삶.

그는 화제를 바꾸고 싶었지만 할 말이 생각나지 않았다. 말과 말 사이에서, 그녀와 자신 사이에서, 과거와 미래 사이에서 길을 잃은 것 같다. 자신이 왜 이곳에 와 있는지, 왜 이 여자가 자기 앞에 있는지도 희미해졌다. 이곳에 온 것이 잘못이었다는 후회가 들었다. 지금이라도 그 자리를 벗어나고 싶었다. 그는 가까스로 정신을 차리고 물었다.

"헬레나와 야이로의 딸과 벤자민을 모른다고 말하진 않

겠지요? 로마 백인대장 티투스도?"

마리아는 고개를 끄덕였다. 마티아스는 말을 이었다.

"내가 조사한 바에 따르면 당신이 따르는 예수는 거짓 예언자요. 꿈과 거짓, 마술과 기적으로 군중을 속여 배교를 유도하는 자. 하나님 이름을 외람되이 일컫는 자 말이오. 그 거짓 선지자 때문에 날마다 어린 소녀들과 소년이 죽어나갔어요. 그들은 모두 예수와 연관이 있어요."

마리아는 멀리 힌놈 골짜기 쪽으로 시선을 돌렸다. 우묵한 눈 그늘 아래 알 수 없는 슬픔을 담은 눈동자가 반짝였다. 그녀는 현실에 발붙이고 있으면서도 아득히 먼 세상의 빗속에 혼자 서 있는 것 같았다. 어디선가 상큼한 레몬 향과 백합 향기가 바람결에 실려왔다.

"마티아스. 당신은 그분의 참모습을 몰라요."

그녀가 말했다. 자기 생각에 대한 이해를 허락하지 않는 모호함, 자신이 아는 사실에 대한 접근을 거부하는 단호함. 마티아스는 그녀가 자신을 벌주려 한다고 생각했다.

"당신은 그자에 대해 무엇을 알죠?"

그녀는 대답을 망설였다. 마티아스는 조급증을 드러내며 채근했다.

"당신이 그를 안다면 그에 대해 말해봐요. 그가 어디서 왔는지, 무엇을 하는 자인지, 무엇을 원하는지."

"난 그분에 대해 머리카락 한 올도 모르지만 그분을 믿어요. 그분이 어디서 왔는지, 무엇을 하는지, 무엇을 원하는지는 모르지만 한 가지를 알기 때문이에요."

"그 한 가지가 도대체 뭐요?"

마티아스가 소리쳤다. 그녀는 올리브기름을 칠한 난간의 기둥을 쓸어내리듯 매만지던 길고 하얀 손가락을 멈추고 말했다.

"그분은 하나님의 아들이에요. 비록 가난한 목수의 아들로 세상에 오셨지만……."

마티아스는 맥이 빠졌다. 그자를 향한 그녀의 맹목적 믿음을 이해할 길이 없었다. 그녀의 아름다움도 그녀의 담대함도 그녀의 기지도 자신을 현혹할 도구에 불과했다는 배신감이 뱃속에서 들끓었다. 그녀를 더 이상 그들의 손에 내버려둘 수 없었다. 마티아스는 그녀의 손목을 거칠게 끌어당겼다. 마리아가 손을 비틀며 마티아스를 차갑게 뿌리쳤다.

그때 거대한 사내가 두 사람을 막아섰다. 나사로의 집 퇴창으로 달아났던 열심당 시몬이었다. 시몬은 냉혹한 시선으로 마티아스를 노려보며 옷 자락에서 단검을 뽑았다. 마티아스는 자신에게 칼이 없다는 치명적인 약점을 되새겼다. 어스름 속에서 마티아스의 목덜미를 향해 내리꽂히는 칼날이 번득였다. 소리를 지르고 싶었지만 마티아스의 혀는 딱딱하게 굳었다.

"그만해요, 시몬!"

사내가 움직임을 멈추고 그녀를 돌아보았다.

"마리아. 이놈이 누군지 알아? 죄 없는 우리 뒤를 캐고 마태를 감옥에 처넣은 게 이놈 짓이라고. 불쌍한 여자들의 피를 빨던 기둥서방이 없어지면 예루살렘은 그만큼 깨끗해질 거야."

마티아스의 머릿속에는 썩어빠진 무리에서 그녀를 빼내야 한다는 생각밖에 없었다. 그는 치켜든 시몬의 억센 손목을 두 팔로 감아쥐고 몸을 굴렸다. 중심을 잃은 시몬은 잠시 기우뚱하더니 마티아스의 목을 감아 조였다.

그의 손아귀는 갈고리처럼 딱딱하고 억셌다. 마티아스는 올가미에 목이 걸린 짐승처럼 혀가 말려들어갔다. 바닥을 디디려 했지만 그럴수록 두 다리는 허공에서 버둥거릴 뿐이었다. 마티아스는 까무룩한 의식으로 안간힘을 다해 턱을 바짝 당겨 사내의 팔뚝에 송곳니를 박았다. 비릿한 피맛이 났다. 시몬이 고함을 지르며 마티아스를 바닥에 패대기쳤다. 그 서슬에 그가 쥐고 있던 단검이 바닥에 떨어졌다. 마티아스는 가까스로 중심을 잡고 시몬의 턱을 주먹으로 갈겼다. 손가락뼈가 빠개질 것처럼 아팠다. 그는 바닥의 칼을 집어 시몬의 목덜미에 들이댔다.

"그래. 난 밀정이다. 하지만 살인자인 네놈보다는 나아."

"내가 사람을 죽였다고?"

시몬의 거무튀튀한 얼굴이 붉게 달아올랐다. 완강한 턱

은 금세 우스꽝스럽게 부풀었다.

"네 시카리가 소녀가 죽은 피살현장에서 발견되었어. 어떻게 그게 거기에 있었지? 그건 네놈이 그 아이를 죽였기 때문이야. 지금 네 손으로 네 품에서 꺼낸 칼은 날조차 제대로 서지 않은 새 칼이잖아. 하루에 한 자루씩 새 칼을 샀으니 예루살렘 칼장수들이 돈깨나 벌었겠군."

마티아스가 조소했다. 당황한 시몬이 항변했다.

"난 모르는 일이야. 몰려드는 순례자 틈에서 덜 떨어진 소매치기가 내 단도를 뽑아간 것뿐이야. 알잖아. 순례 기간에 몰려드는 이방인들의 절반은 소매치기라는 걸……."

마티아스는 당장 놈의 목을 뚫어버리고 싶었다. 놈이 지하 수로에서 소녀에게 했듯이. 그 순간 소금기둥처럼 하얗게 굳은 마리아의 표정이 눈에 들어왔다. 그녀의 눈은 그에게 돌아가라고 말하고 있었다. 그 눈빛은 스스로의 의지로 범죄자 무리에 남겠다는 애원처럼 들렸다.

마티아스는 자신의 생각이 틀렸다는 것을 깨달았다. 미리암을 구했던 것처럼 그녀를 사악한 무리에서 건져내고 싶었지만 그녀는 도움을 거부했다. 이제 그에게는 그녀를 구할 방도도, 이유도 없었다. 그가 할 수 있는 유일한 일은 그녀 앞에서 사라지는 것뿐이었다.

마티아스는 시몬의 멱살을 팽개치고 빈손을 늘어뜨렸다. 마리아를 만나기 전 그녀에 대해 들었던 말이 사실이라는 생각이 들었다. 사기꾼 무리를 따라다니는 이해 못할 여자의 아름다운 외모에 잠시 혹한 것뿐이었다. 버림을 받은 개가 된 것 같은 쓸쓸함이 몰려왔다. 그렇다고 화가 나지는 않았다. 단지 공허할 뿐이었다.

문밖의 거리는 꿀빛 황혼으로 물들어 있었다. 오렌지 모양의 태양이 서쪽으로 보이는 헤롯궁 첨탑에 걸려 있었다. 돌집 창을 물들인 석양. 붉은 하늘을 날아가는 새떼와 따뜻한 바람에 부푼 올리브 나무. 그는 두건을 깊이 쓰고 발걸음을 재촉했다.

32

감람산 기슭에 다다른 마티아스는 오른쪽으로 갈라진 소로로 들어섰다. 길은 어두웠고 하늘은 보라색 융단 같은 윤기를 머금고 있었다. 푸른 별빛이 물방울처럼 올리브 잎에 맺혀 차갑게 반짝였다. 올리브 가지들은 어둠 속으로 고집스럽게 뻗어나갔다. 등줄기가 땀으로 축축했다. 그는 겉옷 앞섶을 열고 깊은 심호흡을 했다.

순례자촌의 불빛이 멀어지고 풀벌레 울음소리가 잦아들었다. 온화한 어둠과 섬세한 적막이 그를 빨아들이듯 잡아당겼다. 멀지 않은 어둠 너머로 다대우스 수베니우스가 속한 갈릴리 지역군 주둔지가 보였다. 흰 군막의 윤곽이 떠오르고 두런거리는 목소리가 들렸다. 마티아스는 덤불 뒤로 몸을 숨기고 숨을 죽였다. 자신도 모르게 스르르 빠져나온 자기 육체를 지켜보는 낯선 느낌이었다.

그때 목덜미에 차갑고 뾰족한 금속이 닿는 것이 느껴졌다. 마티아스는 두 손을 들었다. 어둠 속에서 차가운 창날이 번득였다. 긴 창으로 자신의 목 양쪽을 겨눈 로마군 병사 둘이 보였다. 로마군 주둔지를 침범한 자는 그 자리에서 죽여도 책임을 묻지 않는다는 로마 군법이 떠올랐다.

마티아스는 정신을 바짝 차리기 위해 눈을 부릅떴다. 그리고 두 개의 창대를 움켜쥐고 몸을 숙였다. 갑작스런 공격에 오른쪽 병사가 중심을 잃고 비틀거렸다. 그는 왼쪽 병사의 창대를 잡고 비틀며 소리쳤다.

"나는 십인대장 다대우스 수베니우스를 만나러 왔다."

그때 갑자기 딱딱한 무언가가 그의 뒷덜미를 후려쳤다. 소란을 눈치챈 인근 경계병이 달려온 것이었다. 둔탁한 충격이 온몸의 뼈마디로 전해졌다. 병사들은 쓰러진 그를 어둠 속으로 질질 끌고 갔다.

눈을 떴을 때 마티아스는 뒷머리가 깨지는 통증을 느꼈다. 가죽 샌들 끈을 동여맨 로마 병사들의 털투성이 다리가 눈에 들어왔다. 모닥불을 둘러싸고 앉은 군인들의 얼굴에 불그림자가 번질거렸다. 군용 천막 세 동이 쳐진 로마군 막사의 중앙 공터인 듯했다. 모닥불 건너에서 마티아스를 응시하던 십인대장이 다가왔다.

"로마군 주둔지를 침범한 죄는 군법에 따라 처결된다는 것을 알고 있겠지?"

마티아스를 쏘아보는 그의 눈은 의구심으로 가득했다. 마티아스는 통증을 참느라 얼굴을 찡그렸다.

"난 예루살렘 살인사건을 조사하라는 임무를 수행했을 뿐 주둔지를 침범한 적이 없소."

"누구 명령으로 사건을 조사하는 거지?"

"성전수비대장 조나단이오. 총독의 공식 명령을 받은 테오필로스님의 지시이기도 하죠."

"그렇다면 밀정이 분명하군. 그렇지 않고서야 양다리를 걸칠 수 없을 테니까."

그의 목소리는 여전히 퉁명스러웠다. 마티아스는 긍정도 부정도 하지 않았다. 풀벌레가 사방에서 부지런히 울어댔다. 마티아스는 어둠 속에서 벌어질 포식자와 먹이의 목숨을 건 투쟁을 상상했다. 사마귀는 메뚜기를 먹고 두꺼비에게 먹힐 것이다. 잠자리를 먹은 개구리가 뱀에게 먹히듯이. 누군가를 죽인 자는 결국 누군가에게 죽임을 당할 것이다. 사람을 죽이지 않아도 되는 삶이야말로 축복받은 삶이리라.

"날 만나려 했다던데 이유가 뭐지?"

십인대장이 물었다. 그 질문은 마티아스가 찾는 사람이

자신이라는 자백과 같았다. 사람을 제대로 찾았다는 생각에 마티아스는 여유를 되찾았다.

"백인대장 티투스에 대해 알고 싶소. 다대우스 수베니우스."

마티아스는 욱신거리는 목덜미를 이리저리 젖히며 말했다. 십인대장은 침착한 눈빛으로 마티아스를 응시했다.

"그의 죽음에 대해서라면 테오필로스란 자에게 다 말했어!"

"내가 알고 싶은 것은 그의 죽음이 아닌 삶에 대해서요."

"그의 삶에 대해 나는 말할 자격이 없다. 내가 할 수 있는 말은 그가 말 그대로 신중한 정신을 가진 지도자였다는 사실뿐이야. 그는 대담하지만 제멋대로 싸움을 일으키지 않고, 곤경에 빠져도 임무를 위해 죽을 수 있는 책임감을 가진 백인대장이었어."

그의 말은 티투스의 총애하는 수석참모이자 종으로서의 입 발린 소리거나 거짓말이 분명했다. 마티아스는 제국의 백인대장이 어떤 인간들인지 누구보다 잘 알았다. 겉으로는 교양미 넘치는 지식인이자 엄정한 지휘관으로 보이지만 그들은 뇌물과 착취로 재산과 노예를 불리고 지휘봉으로 병사를 후려치는 야멸찬 행위를 서슴지 않았다. 물론 모든 백인대장이 그렇지는 않을 것이다. 하지만 지금도 윗옷 자락을 들치면 마티아스의 등에는 종군 시절 그의 백인대장이 휘두른 채찍 자국이 남아 있다.

"티투스님은 로마인이었지만 유대인을 동족처럼 생각했어. 자기 돈으로 시나고그를 지었고 날 아들처럼 사랑하셨지. 그분이 돌아가신 건 나 때문이야. 그분은 나를 대신해 돌아가셨어."

티투스에 대한 찬사를 이어가던 수베니우스는 무릎 사이에 얼굴을 묻었다. 그는 울고 있는 것 같았다. 날조된 감정으로 보이지는 않았다. 그런데도 마티아스는 그의 비통함을 이해할 수 없었다. 그가 왜 죽은 상관을 그토록 비호하는 것인지, 서로 어떤 거래가 있었는지, 그렇게 한다고 그에게 무슨 이득이 생기는지.

"하찮은 부하를 대신해 백인대장이 죽을 이유가 어디에 있소?"

마티아스가 물었다. 울음을 그친 수베니우스는 목소리를 가다듬고 이야기를 시작했다. 1년 전 가버나움에서 있었던 일이었다.

"그때 나는 과도한 훈련과 누적된 피로로 심한 중풍에 걸려 죽음을 기다리는 처지였어. 티투스님은 아들처럼 여기던 나를 위해 백방으로 약과 의사를 구했지만 소용이 없었지."

"더 들어보지 않아도 뻔한 얘기로군. 그때 기적을 행하는 선지자가 마을에 들렀다는 소문을 들었다는 거겠지?"

마티아스는 코웃음을 쳤다. 수베니우스는 상관하지 않고 이야기를 이어나갔다.

"티투스님은 자기 관할의 회당장과 장로들에게 내 병을 고쳐달라는 청을 그분께 넣어줄 것을 간곡히 부탁했어. 그분은 집으로 직접 와서 내 병을 고쳐주겠다고 하셨지만 티투스님은 주님께서 누추한 집까지 올 필요가 없다고 전했어. 군인이었던 그는 한마디 명령이 지닌 힘을 누구보다 잘 알았어. 그분이 한마디 말씀만 하시면 내가 나을 것으로 믿었던 거지."

마티아스는 망연자실했다. 인간이란 어떻게 이토록 어리석을 수 있을까? 대로마군 지휘관이란 자가 어찌 이토록 쉽게 거짓 선지자의 농간에 놀아난단 말인가? 티투스의 허황됨에 경멸을 느끼며 마티아스는 내뱉었다.

"그래서 정녕 당신 병이 나았다는 얘기요?"

"내가 살아서 자네에게 말하고 있는 것이 증거야. 그분은 티투스님이 믿는 대로 될 거라고 말씀하셨지. 장로들이 돌아오기도 전에 굳었던 나의 사지가 움직이고 창백하던 얼굴에 핏빛이 돌아왔어. 그건 분명 그분이 일으킨 기적이었어."

마티아스는 그자가 가진 것이 기적의 능력이 아니라 현란한 말재주일 뿐이라고 확신했다. 그의 말이 아니었어도 이 젊은 병사는 자리를 털고 일어났을 것이다. 믿지 못할 기적이란 것도 따지고 보면 거듭된 우연이거나 기막힌 타이밍이거나 간단한 눈속임일 때가 많으니까. 그자는 기적을 행한 것이 아니라 세 치 혀로 기적이 일어난 것처럼 보이게 했을 것이다.

"좋소. 그 말을 믿는다 칩시다. 그럼 티투스님이 당신 대신 돌아가셨다는 건 무슨 말이죠?"

마티아스의 목소리는 냉랭하게 가라앉았다. 잠시 망설이던 수베니우스가 결심한 듯 고개를 들었다.

"유월절을 앞두고 우리는 가버나움에서 예루살렘으로 차출되었어. 안토니 요새에 도착한 티투스님은 뭔가 짚이시는 듯 불안한 기색이 역력했지."

"자신에게 닥쳐올 위험을 알아차렸다는 말이오?"

"밤마다 예루살렘 한복판에서 일어나는 끔찍한 살인에 관한 소문을 들으셨던 거야. 계속 내게 주위를 경계하고 안전을 확보하라는 말씀을 하셨지. 혼자 막사 주변을 어정거리는 나를 보면 불같이 화를 내셨지만 나는 크게 신경쓰지 않았어. 그런데 나중에야 그 이유를 알게 되었지."

"그게 뭔데요?"

"죽음은 내가 아닌 티투스님을 노리고 있었던 거야."

마티아스는 어금니를 깨물었다. 피살자들은 모두 그 거짓 선지자, 사기꾼, 신성모독자와 관련되어 있다. 로마인 티투스마저도.

바람이 불자 마른 풀덤불이 빠르게 굴러갔다. 말들이 푸륵거리는 소리를 냈다. 멀리 감람산 기슭 순례자 천막촌에서 불빛이 깜빡였다.

제5일
거짓 선지자와 산헤드린
수요일 – 유월절 이틀 전

예수께서 이 말씀을 다 마치시고 제자들에게 이르시되

너희의 아는 바와 같이 이틀을 지나면 유월절이라 인자가

십자가에 못 박히기 위하여 팔리우리라 하시더라

—마태복음 26: 1~2

33

마티아스는 철들기 전부터 자신의 삶이 꿈을 꾸기보다는 현실을 견디는 것임을 인식했다. 그에겐 꿈을 꿀 자격이 없었다. 그런 건 제사장의 가계, 회당장과 랍비의 집안, 하다 못해 환전상이나 직인의 아들로 태어나야 가능했다. 그는 부유하고 똑똑하고 착하고 친절하고 쓸모 있는 사람이 되기를 원하지 않았다. 훌륭한 사람이 되기보다는 그냥 사람이라도 되고 싶었다. 이루어지지 않을 것을 알면서 꾸는 꿈은 형벌에 지나지 않으니까.

그것은 그의 개망나니 아버지가 물려준 유일한 미덕이었다. 꿈은 개뿔. 그 비슷한 것도 꾸지 말라고. 희망을 갖지 않으면 낙담도 슬픔도 없을 테니까.

칼날처럼 날카롭게 조각난 꿈들이 짧은 잠 속을 떠돌았다. 자세히 기억나지도 않고 하나로 이어지는 흐름도 없는 꿈이었다. 죽은 아버지를 본 것 같았다. 머리카락이 빠진 정수리와 여러 사람의 얼굴 가죽을 얼기설기 꿰매어놓은 듯한 칼자국들.

그들은 바람 부는 언덕에 나란히 앉아 있었다. 아버지의 묵직한 손바닥 무게가 어깨에 얹히는 기억이 났다. 그러더니 어느새 그는 도축장 바닥에 서 있었고 아버지의 손은 양의 따뜻한 뱃속에서 빠져나온 미끌미끌한 창자로 바뀌었다. 다시 그는 검투장의 지하 대기실에서 모르는 여자를 안고 있었고 마케도니아 지역의 진지에서 마리아를, 어둠 속에서 죽어간 소녀들을 본 것 같기도 했다.

창살 바깥에서 경비병들이 인원 점검을 하는 소리가 들렸다. 잠에서 깨어난 죄수들이 고통을 느끼기 시작했는지 끙끙 앓는 소리도 들렸다. 모두가 자기 몫의 하루를 시작하는 소리에서 권태로운 절망이 묻어났다. 컴컴한 감옥에서 죽이고 있을 시간이 없었다.

감방을 나선 마티아스는 니카노르의 문을 지나 이방인의 뜰을 가로질렀다. 그는 이 뜰의 돌 한 조각, 열주의 기둥 하나까지 모두 기억하고 있었다. 철들기 전부터 주린 배를 안고 찾아와 배고픔을 면했던 영혼의 안식처. 햇살에 달아오른 돌바닥의 따뜻한 온기는 얼마나 안온했던가? 줄지어 선 열주에 기대어 졸며 얼마나 행복한 꿈을 꾸었던가?

테오필로스는 행랑 기둥에 기대어 성전 벽을 골똘히 바라보고 있었다. 키가 크고 마른 그는 고목처럼 한쪽으로 비스듬히 기울어져 있었다. 마티아스는 그가 기대 선 기둥에 등을 기대고 앉았다. 주름 잡힌 그의 토가 자락이 먼지바람에 휘날렸다.

그들은 예루살렘 시내의 둥근 지붕과 흰 돌집들을 바라보았다. 침묵이 두 사람 사이에 조용히 내려앉았다. 말없이 나란히 앉아 있는 그 순간이 마티아스는 어색하게 느껴지지 않았다. 대화를 나눌 때보다 더 깊이 테오필로스라는 인간을 이해할 수 있을 것 같았다.

새로운 피살자에 관한 소식은 아직 들리지 않았다. 해가 떴는데도 죽은 자의 소식이 없는 것이 좋은 일인지 더 나쁜 징조인지 마티아스는 알 수 없었다. 그래도 그는 좋은 쪽으로 생각하고 싶었다. 살인은 이제 끝났겠지. 아무리 잔인한 살인자라도 더 이상 살인을 계속할 순 없을 테니까.

그러나 속편한 낙관에 기대고 있을 수는 없었다. 살인자는 더 큰 일을 준비하고 있는지도 모른다. 시신이 발견되지 않았을 뿐 이미 또 다른 살인이 일어났을 수도 있다. 설사 그렇다 해도 일어나지 않은 사건을 걱정하기보다 이미 일어난 사건에 집중해야 했다.

지금껏 그렇게 하지 않은 건 아니었다. 마티아스는 사건의 모든 방향과 경로를 탐색했고 단서를 놓치지 않으려고 안간힘을 썼다. 그럼에도 사건의 윤곽은 여전히 희미했고 범인은 오리무중이었다. 그러는 동안에도 매일 밤 사람들은 죽어나갔고 유월절은 이틀밖에 남지 않았다.

마티아스는 무력감과 조급증을 동시에 느꼈다. 조나단이 그에게 맡긴 일은 어려운 것도 불가능한 것도 아니었다. 성전수비대 조사를 바탕으로 살인자와 그 배후를 밝히면 끝이었다. 그런데도 무엇 하나 제대로 해내지 못하고 일을 어렵게 만든 것은 다른 누구도 아닌 자신이었다.

마티아스는 푸석한 얼굴에 퀭한 눈으로 테오필로스를 바라보았다. 뭔가 말을 하고 싶었지만 할 말을 찾을 수 없었다. 테오필로스가 답답함을 위로하려는 듯 입을 열었다.

"어제 낮에 안토니 요새에 들렀어. 수베니우스란 자를 만나 백인대장이 죽던 날 밤 행적에 대해 꽤 중요한 사실들을 들을 수 있었어. 완전히 믿을 수도 없고 그렇다고 안 믿을 수도 없지만 중요한 단서가 될 만한 내용들이야."

마티아스는 호기심을 억누르느라 두 눈을 반짝였다. 테오필로스는 안토니 요새에서 수집한 정보들을 털어놓기 시작했다. 수베니우스의 표정과 눈빛, 그리고 백인대장과의 관계, 백인대장의 지난밤 행적을 가늠하면 사실 그대로, 빠뜨리는 부분 없이 전했다. 그러나 코르비우스와의 대화는 언급하지 않은 채 되물었다.

"내가 정보를 풀었으니 이번엔 자네 차례야. 자넨 어제 뭘 알아냈지?"

마티아스는 자신이 수집한 정보 중 어디까지 얘기해야 할지 계산했다. 그리고 갈릴리 지역군 숙영지에서 확보한 진술, 즉 수베니우스의 중풍 발병과 티투스의 구호, 예수가 행했다는 치유의 기적에 대해 털어놓았다. 기혼 샘 지하 수로에 대해 말할까 잠시 갈등했지만 결국 입을 다물었다. 수베니우스의 진술에 관한 정보 교환은 공정하게 완료된 거래였고 그 이상의 정보 제공은 불필요하다고 판단했기 때문이었다.

테오필로스가 알면 섭섭해할지 모른다. 그래도 할 수 없었다. 밀정 간의 정보교환은 철저한 등가성에 따라 이루어지니까. 하나를 받으면 하나를 주고 하나의 거짓정보에는 그에 상응하는 거짓정보를 흘리는 상호 신뢰, 혹은 상호 기만.

테오필로스 또한 모든 이야기를 남김없이 말해주지는 않

앗을 것이다. 그는 처음부터 믿을 수 없는 사람이었거니와 지금도 마찬가지였다. 그는 자신에 대해 이야기하는 사람이 아니었고 마티아스는 그에 대해 아는 것이 없었다. 그가 실제로 로마 총독을 위해 일하는지, 왜 이 살인에 깊이 끼어드는지, 과연 진실을 밝혀낼 수 있기나 한지, 심지어 그가 적인지 자신의 편인지…….

그럼에도 테오필로스와 이야기하다 보면 빠져드는 건 어쩔 수 없었다. 테오필로스라는 인간의 본질이 아닌 그가 가진 지식이 마티아스를 끌어들이는 것 같았다. 그에게는 배울 만한 지식들이 차고도 넘쳤다. 마티아스는 그가 자신을 가르치는 것이 아니라 이끌고 있다는 생각이 들었다.

"백인대장의 죽음은 헬레나와 야이로의 딸, 벤자민과 차이점이 있어. 살해 대상이 어린 소년 소녀들에서 마흔이 넘은 성인 남자로 바뀌었으니 말이야. 게다가 그는 유대인이 아닌 로마인이었어. 동기 면에서도 다른 피살자들은 예수에게 직접 병 고침을 받거나 기적의 은사를 받은데 비해 티투스는 종인 수베니우스가 병 고침을 받았어. 지금까지 패턴으로 보면 예수의 기적을 경험한 수베니우스가 죽어야 했어. 그런데 왜 엉뚱한 티투스가 죽었지?"

테오필로스는 살인자와 숨바꼭질을 하고 있다는 생각을 하며 주름진 이마에 손을 짚었다. 마티아스가 대꾸했다.

"그래서 티투스가 죽은 게 아닐까요? 티투스의 종은 그저 병에서 나았을 뿐 당시엔 예수가 일으킨 기적의 실체를 몰랐어요. 계명을 어긴 것은 주인인 티투스였으니까요."

"그러니까 이방인인 그가 어떤 계명을 어겼다는 거냐고 묻고 있잖아?"

조급함이 섞인 목소리였다. 마티아스는 한참을 골똘히 생각한 후 대답했다.

"첫 번째 계명을 적용해보면 어떨까요? '너는 네 하나님 여호와의 이름을 망령되게 부르지 말라. 여호와는 그의 이름을 망령되게 부르는 자를 죄 없다 하지 아니하리라.'"

"티투스가 여호와의 이름을 어떻게 모욕했다는 건가?"

"수베니우스는 티투스가 거듭해서 예수를 주님이라고 불렀다고 말했어요. 주님이라는 말은 단순히 종이 주인을 부르는 말이 아니라 여호와를 부르는 호칭이에요. 예수를 주님으로 부름으로써 그가 여호와의 이름을 망령되게 만들었다면요?"

"살인자는 첫날부터 파라오의 징벌을 상징으로 남겼어. 성전 문설주의 핏자국, 피로 물든 실로암 연못, 3일의 어둠…… 하지만 수도교에는 아무것도 남아 있지 않았어. 티투스가 계명을 어겼다면 그에게 내린 여호와의 징벌이 뭐지?"

테오필로스의 질문은 마티아스의 감각을 날카롭게 일깨웠다.

"티투스의 시체에 우리가 놓친 뭔가가 남아 있을 거예요. 그의 튜닉 옆구리 부위에 피로 얼룩진 칼자국이 있었죠? 우린 살인자가 티투스를 죽여 살점을 바른 다음 수도교에 목매단 걸로 추정했구요. 티투스의 뼈와 남은 살점에는 기이한 칼날 자국들이 있었어요. 어떤 칼인지는 정확하지 않지만 베거나 저며낸 것이 아니라 뜯어낸 것 같았어요. 아주 작고 뾰족한 칼날이거나 날카로운 집게나 가위 같은 도구인지도 모르죠. 여하튼 한밤의 어둠 속에서 구석구석 꼼꼼히 살을 발라낸 걸 보면 숙련된 도살자인 제 눈에도 사람의 솜씨 같지 않았어요."

"사람 솜씨가 아니라면 귀신의 짓이란 말인가?"

마티아스는 대답 대신 파라오의 징벌을 다시 하나하나 곱씹었다.

"그래요. 이건 사람의 짓이 아닐 거예요. 그렇다고 귀신이 한 짓도 아니구요."

혼잣말을 뇌까리던 마티아스가 생각난 듯 테오필로스를 바라보았다.

"문제는 도살 솜씨가 아니라 도구일지 몰라요. 가령 티투스를 죽인 도구는 칼이지만 살을 발라낸 건 다른 도구라든가……."

"그렇게 깨끗하게 살을 발라낸 살인무기가 칼이 아니면 뭐지? 그걸 도대체 어디서 찾아야 하지?"

"여호와의 여덟 번째 재앙을 생각해 봐요. 파라오가 이스라엘 남자만 이집트에서 탈출하도록 허락하자 아론과 모세는 모든 이스라엘인과 가축까지 함께 가야 한다고 맞섰죠. 파라오가 이를 묵살하자 여호와는 이집트 전역에 메뚜기 떼를 보내 농작물을 황폐화시키는 징벌을 내렸어요. 메뚜기 같은 곤충 떼를 풀어 티투스의 살을 발라먹게 했다면 파라오의 징벌과 맞아떨어지지 않을까요."

"하지만 메뚜기는 곡식을 먹는 초식 곤충이야. 육식 메뚜기가 있단 소린 들어본 적이 없어."

테오필로스는 미심쩍은 표정으로 되물었다. 마티아스가 대답했다.

"파르티아 전쟁에 다녀온 늙은 군인에게서 육식 메뚜기에 대한 소문을 들은 적이 있어요. 급박한 지원 요청을 받고 현장에 출동했는데 적군은 이미 철수하고 없었다더군요. 몰살당한 아군 병사들은 모두 백골 상태였구요. 처음엔 파르티아 놈들이 가죽을 벗기고 뼈를 발라냈다고 생각했는데 그게 아니었어요. 몇몇 병사의 갑옷 틈에서 처음 보는 곤충들이 뼈에 남은 살을 파먹고 있었다는 거예요. 그중 몇 마리는 고인 피 웅덩이에 빠져 죽어 있었구요."

테오필로스는 고개를 끄덕이며 수긍했다.

"실제로 메뚜기와 비슷한 육식 곤충이 없진 않지. 딱정벌레는 작은 벌레와 동물의 사체를 먹고 교미를 끝낸 사마귀는 수컷 사마귀를 먹기도 하니까. 심지어 새를 잡아먹는 경우도 있다고 들었어. 그럼 살인자가 자신이 기른 식육 곤충 떼에게 티투스를 먹였다는 건가?"

마티아스는 대답하지 않았다. 테오필로스는 소름이 돋는 뒷목을 손바닥으로 쓸어내렸다. 그는 문득 자신들이 이 잔혹극의 어디쯤 와 있는지 궁금했다. 넌덜머리나는 이야기의 중간쯤 온 것일까? 아니면 길고 잔인한 이야기의 거의 막바지에 도달했을까? 아니면 지금까지와 전혀 다른 또 다른 이야기가 시작되는 것일까?

34

보루의 나팔수가 산헤드린 종료를 알리는 나팔을 불었다. 의원들은 경건한 걸음으로 회의장을 빠져나왔다. 제사장, 회당장, 사두개파와 바리새파 원로, 율법사와 서기관들……

토라 한 구절에 대한 그들의 논쟁과 공방이 예루살렘을 움직였고 디아스포라에까지 영향을 미쳤지만 오늘의 관심사는 율법이 아니라 온 나라를 들쑤신 불온한 갈릴리인의 처결 방식이었다.

베일에 쌓인 예수의 출신 성분과 행적, 그가 일으켰다는 기적에 대한 보고와 진위 논쟁, 그가 한 말과 저지른 행동에 대한 비판, 신성모독과 불경을 오가는 행적에 대한 격렬한 논의가 오갔지만 뾰족한 타개책은 없었다. 문제를 해결할 방법을 찾지 못한 답답함이 산헤드린을 짓눌렀다.

행랑에서 대기하는 조나단의 표정은 심각하게 굳어 있었다. 사건의 향방은 오리무중인데 성전수비대 내부에서는 불평의 목소리가 고조되었다. 마태를 석방하자 체포조에 가담했던 대원들이 허탈감을 토로했다. 급기야는 마티아스에게 사건을 맡긴 조나단에게 불만이 쏟아졌다. 하찮은 밀정나부랭이에게 영역을 침범당했다는 위기감과 살인자에게 수사의 주도권을 넘겨줄 수 없다는 거부감이었다.

조나단은 성전 뜰에 쏟아지는 빛을 손 그늘로 가리고 몰려드는 순례자들 틈에서 마티아스를 발견했다. 마티아스는 젊은 순례자 두 명과 연거푸 부딪친 어깨를 털며 짜증을 냈다.

"시체에 달려드는 구더기 떼처럼 지긋지긋한 순례자들! 도대체 뭐가 있다고 이렇게들 몰려드는건지……."

조나단은 본능적으로 허리의 칼자루를 움켜쥐며 소리쳤다.

"신성모독을 삼가라! 저들 하나하나가 여호와께서 맡긴 양떼다. 저들을 돌보고 예루살렘을 지키기 위해 할 수 있는 일을 다 하는 것이 성전수비대의 소임이야. 수많은 왕과 제사장, 선지자와 군인들이 피와 땀으로 세우고 지켜온 나라의 역사와 민족의 운명이 우리 대에 이르렀다는 걸 잊어선 안 돼."

조나단은 힘주어 말했지만 로마 속주가 된 현실로 눈을 돌리면 그는 비탄으로 눈을 감고 싶었다. 마티아스는 앞서서 행랑을 나아가는 조나단의 뒤를 따르며 말했다.

"그 나사렛 사내는 성전 한가운데에서 신성모독을 범했습니다. 군중들은 그의 한마디 한마디를 신성한 예언으로 받아들이고 그의 속임수를 기적으로 믿고 있어요."

조나단은 번들거리는 가죽 갑의의 어깨받이를 추어올린 후 뒤를 돌아보지 않고 내처 걸으며 말했다.

"그가 행한 것이 기적이든 속임수든 상관없어. 중요한 건 그 나사렛 사내가 아니라 율법의 신성함과 유대의 평화를 지켜야 할 의무가 우리에게 있다는 사실이지. 유월절 재판에서 총독은 죄수 한 명에 대한 사면권이 있어. 지난해 폭동으로 체포된 바라바도 이번 재판에 포함될 거야. 빌라도는 바라바와 예수 중 한 명에게 사면권을 행사하려 들겠지. 그가 누구를 죽이고 누구를 살릴 거라 생각하나?"

"바라바와 예수라고요? 그럼 전 어떻게 되는 거죠?"

생각지 않은 마티아스의 반문에 조나단이 걸음을 우뚝 멈추었다. 마티아스는 절박함을 가득 담은 눈으로 따지듯 물었다.

"살인자를 밝히면 유월절 사면에 끼워서 십자가형을 면

하게 해주시겠다고 약속하신 것 아닌가요?"

조나단은 가슴이 뜨끔했다. 한 번도 아니고 두 번, 세 번 거듭 했던 말을 스스로 헌신짝처럼 버린 셈이었다. 이 가련한 밀정은 그 말 한 마디에 매달려 몸이 부서지도록 예루살렘을 뛰어다녔다. 그러나 그는 사면 대상이 아니었다. 처음부터 그럴 가능성은 없었다. 조나단은 멈추었던 발걸음을 천천히 옮기며 말했다.

"분명 내가 한 말이지만 약속은 아니었어. 난 너에게 약속을 하는 사람이 아니라 명령을 하고 지시를 하는 사람이라는 걸 알아둬. 또 하나! 빌라도의 사면이 아니라도 널 살릴 방법은 있어. 안토니 요새에서 널 빼내온 걸 보면 모르겠나? 네가 지금 할 일은 내게 하지도 않은 약속을 들이밀며 따질 게 아니라 사건에 매진하는 거야. 네가 죽기를 바라지 않는 건 나 또한 마찬가지니까."

조나단의 말은 미덥지 않았지만 마티아스는 믿기로 했다. 그것 말고는 다른 방법이 없었다.

"저는 알 수 없습니다. 열심당 수괴 바라바가 더 위험한 인물인지 거짓 선지자 예수가 더 위험인물인지⋯⋯."

조나단은 억센 수염을 쓰다듬으며 이맛살을 찡그렸다.

"그들 중 누가 더 위험한지 덜 위험한지는 중요하지 않아. 열심당 수괴도 거짓 선지자도 우리가 지키고 보호해야 할 한 마리 양이라는 점은 다를 바가 없으니까. 분명한 사실은 한 마리 양을 위해 양떼 전체를 위험에 빠뜨릴 수는 없다는 거야. 아마 빌라도는 바라바를 죽이려고 할 거야. 바라바가 십자가에 매달리면 열심당은 마른 장작처럼 타오를 준비가 되어 있는 군중에게 불을 붙이려 들겠지. 유월절 열기가 폭동으로 비화되면 가장 좋아할 자가 누구겠나? 빌라도는 가이사리아 군단은 물론 유대 전역에서 전례 없는 대규모 병력을 동원했어. 잔인한 진압이 펼쳐지면 예루살렘은 혼란과 피바람을 피할 길이 없겠지. 그러니 어떤 대가가 따르더라도 바라바가 처형되는 것은 막아야 해."

"바라바에 비하면 예수가 온건한 건 분명합니다. 공공연히 원수를 사랑하라고 떠들고 다닐 정도니까요. 하지만 그자에 대해 알면 알수록 점점 알 수 없어집니다. 그는 가짜 선지자일까요? 아니면⋯⋯."

마티아스는 잠시 말끝을 흐린 후 되물었다.

"정말⋯⋯ 메시아일까요?"

조나단의 눈가 근육이 잘고 빠르게 움찔거렸다. 3년 전 갈릴리 일원에서 기적을 행하는 젊은 선지자에 대한 정보가 입수되었을 때 그는 대수롭지 않게 생각했다. 꽤 비상한 지력과 나름의 열정을 겸비한 것 같지만 예수는 아직 세상을 모르는 젊은이에 불과했다. 군중이 귀 기울인다는 그의 설교 또한 선동적이라기보다는 온유한 위로에 가까웠다.

그럼에도 그자에게는 특별한 것이 있었다. 세태를 포착

하는 날카로운 통찰력과 대중을 설득하고 감화시키는 탁월한 능력이 그것이었다. 어쩌면 그는 유능한 랍비가 될 수도 있고 존경받는 율법사가 될 수도 있을 것이었다.

그러나 시간이 지날수록 기대는 실망으로 바뀌었다. 기적을 행하는 선지자로 그를 받들던 군중은 언제부터인가 그를 메시아로 칭했다. 마침내 예루살렘으로 온 그는 성전을 향한 공개적 도발을 감행함으로써 정체성을 분명히 했다. 그는 메시아가 아니었다.

"마티아스! 그동안 메시아를 자처하며 나타났던 수많은 거짓 선지자들을 봐. 그들로 인해 나라는 분열되고 민족의 좌절감은 더욱 깊어졌어. 그가 진정한 메시아라면 누구나 인정할 만한 믿음의 징표를 보여야 해. 물로 포도주를 만들고 물 위를 걷고 죽은 자를 살렸다는 거짓말을 늘어놓을 게 아니라 말이지."

조나단이 단호하게 말했다. 자기 그림자를 응시하며 마티아스가 되물었다.

"만에 하나 그가 진정한 메시아라면 우리는 어떻게 되는 겁니까? 메시아가 곁에 왔다면 그를 모셔야 하지 않겠습니까?"

"이 민족이 그토록 긴 세월 동안 간절하게 기다린 메시아는 억압과 고난을 떨친 승리자의 모습이어야 해. 우리 곁에 와 있으면서도 이 세상을 변화시키지 못하는 메시아라면 민중의 좌절을 어떻게 달랠 건가? 우리는 메시아를 얻는 대신 희망을 잃는 셈이 되는 거야. 이 민족이 수천 년 지켜온 간절한 열망을 빼앗을 수는 없어. 우리는 이 민족에게 현실을 견딜 힘을 주어야 해. 미래에 대한 희망 말이야. 잔인하게 들릴지 모르지만 이미 와버린 메시아는 메시아가 아닐지 몰라. 민중은 현실에 구현된 이상이 아니라 실현되지 않은 이상이 존재하는 현실을 살아가야 하니까 말이야."

조나단은 자신의 가죽 샌들이 돌바닥에 끌리는 소리에 귀를 기울이며 대답했다. 마티아스가 다시 물었다.

"우리가 메시아를 알아보지 못하면 어떻게 되는 겁니까?"

"진정한 메시아라면 우리가 알아볼 수 있는 방식으로 오실 거야. 만에 하나 이번에 알아보지 못한다면 다음에 다시 오시겠지. 우리가 원하는 방식으로, 우리가 알아볼 수 있는 모습을 하고서 말이야."

"만약 그가 십자가형을 받는다면 추종자들은 성전과 대제사장께 비난을 쏟아낼 겁니다."

"모든 비난과 모든 굴욕과 모든 치욕을 받아들이겠다는 각오가 없다면 우리는 존재이유가 없어. 굴욕을 견디며 영광을 꿈꾸어야 해. 로마의 압제를 견디고 그들을 구슬리며 언젠가 메시아가 도래해 우리를 해방시킬 날을 기다리는 거야. 열심당 지도자? 미치광이 선지자? 우리에겐 눈앞의 상황에만 분노하고 목소리를 높이는 그런 자가 아니라 먼 곳을 바라보며 인내하는 자가 필요해."

"하지만 메시아는 언제 올지 모릅니다. 수십 년, 수백 년이 걸릴 수도 있고 수천 년 후가 될 수도 있습니다. 언제까지 막무가내로 기다려야 합니까?"

조나단은 걸음을 멈추고 행랑 기둥의 황금 장식 머릿돌을 바라보았다.

"마티아스. 우리는 지금 전쟁 중이라는 것을 잊어선 안 돼. 그동안 이 땅을 짓밟은 침략자들을 기억해봐. 8백 년 전에는 앗시리아인이, 그 뒤에는 바빌로니아인과 페르시아인이, 마케도니아의 알렉산더가 이 땅을 유린했어. 그들은 더러운 환락의 문명으로 이 땅을 더럽혔고 잡신들로 성전을 유린했지. 그들 다음엔 레우코스 왕조의 강압적인 말살 정책이 이 땅을 도륙했어. 하지만 2백 년 전 위대한 전사 마카베오는 그들을 몰아내고 성전을 정화했지. 그 모든 침략과 압제를 이긴 이 민족에게 로마는 가장 늦게 도착한 이교도에 불과해. 이 땅을 더럽힌 침략자들이 쫓겨나고 그들의 제국이 먼지처럼 사라진 것처럼 로마의 위세 또한 흔적 없이 멸절할 것을 나는 의심치 않아."

"하지만 유대는 로마 속주가 되었고 전쟁은 끝났어요."

"전쟁에는 두 가지가 있어. 눈에 보이는 전쟁과 보이지 않는 전쟁이지. 로마군이 이 땅을 말발굽으로 짓밟았지만 눈에 보이지 않는 전쟁은 끝나지 않았어. 영토가 아닌 믿음을 두고 싸우는 전쟁, 공간 위의 전쟁이 아닌 시간 속의 전쟁은 지금부터 시작인지 모르지. 그래. 우리는 앞으로 수백 년, 수천 년 이어질 긴 전쟁을 시작하고 있어. 그 전쟁에는 창과 화살이 날아다니지 않을 거야. 성과 방패도 소용없겠지. 우리는 명분과 긍지, 굳은 신앙으로 그 싸움을 치를 거야. 로마가 멸망하고 또 다른 제국이 생겼다가 멸절하고 수많은 민족이 나타났다 사라져도 이 민족은 굳건히 존재해야 하니까."

니카노르 문을 지나려던 조나단은 잠시 멈추어 서서 문설주를 바라보았다. 핏자국은 말끔히 지워져 있었다.

35

베다니 마을에 도착했을 때 마티아스의 온몸은 땀으로 축축했다. 그는 두건을 벗고 땀에 젖어 흘러내린 곱슬머리를 쓸어넘긴 후 나사로의 돌집으로 향했다. 집 안으로 들어서자 좁은 복도와 그리 넓지 않은 내실이 이어졌다. 탁자에 둘러앉아 빵조각을 우물거리던 사내 서넛이 동시에 그를 바라보았다.

마티아스는 그들의 시선을 아랑곳하지 않고 성큼성큼 다

락방과 통하는 계단으로 향했다. 탄탄한 골격을 지닌 사내가 앞을 가로막았다. 구릿빛 얼굴을 덮은 억센 수염, 큰 키는 아니지만 다부진 어깨…… 그는 불붙은 석탄처럼 이글거리는 눈으로 마티아스를 노려보았다.

"나는 당신 선생을 만나러 왔소. 거짓 선지자 말이오."

마티아스가 말했다. 성격이 불같은 갈릴리인은 주먹을 부르르 떨었다.

"선생님은 사기꾼이 아니라 메시아시다."

마티아스는 베드로의 어깨를 움켜쥐었다.

"그가 메시아든 사기꾼이든 나는 그를 만날 테니 길을 비켜."

베드로는 신음을 내뱉으며 계단 옆으로 비켜섰다. 마티아스는 낡은 나무 계단을 올랐다. 반쯤 열린 2층 다락방 문틈에서 노란 불빛이 새어나왔다. 마티아스는 문짝을 밀치고 성큼 안으로 들어섰다.

온 나라를 들썩이게 한 선지자의 방이라기엔 좁고 초라했다. 천장은 지붕 경사를 따라 기울어져 있었고 머리가 닿을 정도로 낮았다. 원탁 테이블과 나무의자를 빼면 눈에 띄는 가구나 장식물은 없었다. 남쪽으로 난 작은 창 너머 감람산 자락이 보였다.

예수는 딱딱한 나무의자에 엎드려 기도를 올리고 있었다. 행랑에서 장사치들을 몰아내고 가판대를 엎던 광기는 찾아볼 수 없었다.

"어찌하여 내 아버지께 기도 드리는 것을 막느냐?"

마치 오래전부터 마티아스를 기다려온 것처럼 평온한 말
투였다. 마티아스는 자기 몸에서 나는 바람과 먼지 냄새를
맡았다. 당장 소녀들의 죽음에 대해 추궁하고 싶었지만 앞
뒤 없이 서두르다가 일을 망칠 수는 없었다. 그는 아랫배에
힘을 주고 말했다.

"당신의 거짓 선지자 행세를 조사하기 위해서요. 당신은
물로 포도주를 만들었고, 맨발로 바다 위를 걸었다는 말도
안 되는 소문을 퍼뜨려 군중을 속였소."

"진실이라서 믿는 것이 아니라 믿는 것이 진실이다."

침착한 목소리는 자상하게 들렸고 근거 없는 친근감을
불러일으키기까지 했다. 그러나 그것이야말로 상대의 경계
를 피해가는 전형적인 속임수일 것이다. 마티아스는 죽어
간 소녀들과 딸을 잃은 아비의 고통을 떠올리며 증오심을
짜냈다.

"그만두쇼! 당신이 죽은 자를 살리고 병든 자를 치유했다
면 그 증거를 보이시오."

"너는 어찌 보이는 것만 믿으려 하느냐? 너는 뿌리를 보
지 못하지만 가지에 피어난 꽃을 보고 뿌리가 싱싱함을 알
지 않느냐? 그 열매로 그들을 알지니 가시나무에서 포도를,
또는 엉겅퀴에서 무화과를 따겠느냐? 좋은 나무가 나쁜 열

매를 맺지 못하고 못된 나무가 아름다운 열매를 맺을 수 없다."

감정을 지운 예수의 표정은 정물처럼 고요했고 입술만이 움직이는 것 같았다.

"그만둬요! 내 눈으로 꽃을 보기 때문에 뿌리가 있음을 믿는 것이오. 눈으로 보지 못하는 것을 어떻게 믿는단 말이오?"

예수는 자기 말을 증명하려는 듯 테이블의 목탄을 집어 돌판에 길이가 같은 두 선을 나란히 그었다. 마티아스는 예수의 얼굴을 바라보았다. 예수는 두 선 양끝에 반대 방향의 화살촉을 각각 그려넣었다. 그러자 정확히 같았던 두 선이 길이가 확연히 달라 보였다. 바깥을 향한 화살촉을 그은 선은 짧아지고 안쪽을 향한 화살촉을 그은 선은 길어진 것이었다.

꼼꼼히 뜯어보니 선의 길이에는 변함이 없었다. 실제로 짧아지거나 길어진 것이 아니라 단지 그렇게 보일 뿐이었다. 선이 달라지지 않았다면 달라진 것은 그의 눈이었다. 처음이든 나중이든 두 번 중 한 번은 잘못 보았다고 할 수밖에 없었다.

마티아스는 지금껏 보이는 것이 진실이라고 생각했다. 눈으로 보는 것에 근거해 진실을 좇아야 감춰진 것이 드러나고 숨은 것이 보인다고 믿었다. 그러나 볼 때마다 다르게 보이는 눈이라면 그것을 어찌 믿는단 말인가? 하물며 자신이 보고 있는 것조차도 믿지 못하는 바에야. 이것이 이자가 행하는 기적의 방식이란 말인가?

"얄팍한 마술이야. 이 사악한 눈속임이야말로 당신이 사기꾼이라는 증거라고."

마티아스는 소리쳤다. 그것 말고는 자신의 믿음을 순식간에 무너뜨린 현상을 설명할 길이 없었다. 그러나 그를 속인 건 예수가 아닌 자신의 눈이었다. 마카베오 마티아스의 마음이 마카베오 마티아스를 속인 것이었다. 그는 간신히 마음을 다잡고 물었다.

"당신이 온 후 예루살렘은 공포에 빠졌소. 밤마다 일어나는 살인사건, 유령의 출몰…… 당신이 예루살렘으로 온 것은 나사로의 죽음 직후였고 그 후 밤마다 사람들이 죽어나갔소. 당신은 사람들을 공포에 떨게 하려고 이곳에 왔소?"

"나는 사람들에게 죽음을 주러 온 것이 아니라 죽음에서 구원하기 위해 왔다. 죄 없는 피를 뿌리기 위해서가 아니라 죄인들에게 피를 나누어주려고 왔어."

그는 단순하게 대립하는 두 문장으로 결백을 주장하는 동시에 자신의 의도를 천명했다. 그 말은 완곡한 은유에 불과할까? 아니면 철저히 계산된 선언일까? 마티아스는 예수가 성전 한복판에서 소동을 벌일 때 일이 이렇게 될 것을 알았는지 궁금했다. 만약 알았다면 그는 신성모독자이고 몰랐다면 미친 자일 것이다.

"당신은 구원을 가져다준 게 아니라 죄 없는 자들의 피를 뿌렸을 뿐이오. 도대체 왜 예루살렘으로 온 거죠?"

"내가 온 것이 아니라 그것이 내 아버지의 뜻이었지."

마티아스는 예루살렘 행을 결행한 그의 선택이 옳았는지 그렇지 않은지 알 수 없었다. 만약 그의 말대로 나사로가 부활했다면 그는 나사로의 죽음을 막지 못한 셈이었다. 부활은 죽음을 전제로 하기 때문이다. 그럼에도 그는 나사로의 죽음과 부활에 대한 소문으로 존재감을 급속도로 키웠고 바로 그 때문에 스스로를 위험에 빠뜨렸다. 어쩌면 자신의 목숨을 위태롭게 만든 것 또한 그의 계획에 들어 있었는지 모른다. 그렇다면 그는 자신의 목적을 위해 타인의 죽음을 이용한 것일까? 그는 자신의 죽음마저도 이용할 수 있는 인물일까?

마티아스는 의심스런 눈으로 그를 바라보며 말했다.

"난 좋은 사람이 아니오. 사람을 죽인 나쁜 놈이지. 그러나 적어도 당신이 나사로에게 한 것처럼 타인의 죽음을 이용하진 않았소."

"사람을 죽였다고?"

마티아스는 대답하고 싶지 않았다. 자신이 저지른 살인의 죄를 대면하고 싶지 않았고 고통스런 과거를 직면할 자신이 없었다.

"날 심문하는 거라면 대답하고 싶지 않소."

마티아스는 목소리를 억누르느라 안간힘을 다했다. 이마에 맺힌 땀방울이 벌레가 기어가는 것처럼 간질거리며 흘러내렸다.

"난 단지 알고 싶을 뿐이야. 자네의 죄가 아니라 자네라는 인간에 대해서…… 그리고 자네 또한 알아야 하지. 자기가 저지른 죄에 대해서 정확하고 냉정하게."

그는 마치 상관없는 사람처럼 마티아스를 물끄러미 바라보았다. 마티아스는 살아오며 그런 눈을 본 적이 없었다. 마티아스와 눈을 마주친 사람들의 반응은 둘 중 하나였다. 두려워서 눈을 내리깔거나 더러워서 다른 곳으로 눈길을 돌리거나. 그러나 그의 눈은 지금껏 마티아스가 보아온 어떤 시선과도 달랐다. 그 눈은 차가웠지만 그렇다고 냉담하지는 않았다. 무언가를 묻지도 추궁하지도 않았고 위협하거나 요구하는 것도 없었다. 동정하거나 연민을 보인 것도 아니었고 섣부른 위안을 주려들지도 않았다. 있는 그대로의 마티아스를 인정하고 받아들이는 눈빛이었다.

마티아스는 알량하게 저항했다.

"그래도 말하고 싶지 않소."

"말하지 않아도 상관없어. 하지만 진정으로 자신의 죄를 고백하지 않는다면 용서받을 수도 없어."

마티아스는 그의 말이 선량한 품성을 보여줌으로써 자신

을 안심시키려는 술책이라고 판단했다. 그럼에도 그의 말에는 어쩐지 믿고 싶게 만드는 무언가가 있었다. 그것이 그의 말이 지닌 독소였다. 그는 부드러운 말 속에 날카로운 미늘을 감추는 법을 아는 자였다. 그의 정연한 논리는 동시에 불온했고 설득력 있는 그의 주장은 세상과의 반목을 피하지 못했다. 그럼에도 마티아스는 그의 말에서 해답을 찾아보고 싶었다.

"살인죄도⋯⋯ 사함 받을 수 있단 말이오?"

예수는 대답하지 않고 창밖을 바라보았다. 이윽고 예수가 정적을 깨고 입을 열었다.

"죄 짓지 않은 자는 복된 자다. 하지만 죄 짓지 않으면 구원받을 수도 없지."

터무니없긴 했지만 마티아스는 그 말을 받아들이고 싶었다. 자신에게 용서를 구할 자격이 없다는 것을 알면서도 할 수만 있다면 용서를 빌고 또 용서받고 싶었다.

마티아스는 아직도 크라수스 도미니쿠스의 죽음을 온전히 이해하지 못했다. 그것이 순간의 분노와 몸싸움 중의 우발적 사고였는지, 아니면 죽이려 하지는 않았지만 죽어도 상관없는 미필적 고의였는지. 그는 당시 자신에게 그를 죽일 의도나 이유가 있었는지 수없이 자문했다. 그러나 여전히 마땅한 답을 찾지는 못했다.

창밖 하늘에 푸른 별 몇 개가 보였다. 여린 별빛에 예수의 반듯한 이마가 희게 빛났다. 어둑한 그의 시선이 마티아스에게 머물렀다. 그는 과연 살인자일까? 그는 도대체 왜 의혹과 감시의 눈빛이 곳곳에 도사린 이 도시를 제 발로 찾아왔을까? 그가 정말 살인자라면 왜 에돔 광야나 갈릴리로 도망치지 않을까? 마티아스는 그중 어떤 질문에도 대답할 수 없었다.

어두운 창밖에 반딧불이가 어지럽게 날아다녔다. 낮은 구릉과 하늘이 닿는 곳에서 순례자들의 횃불이 너덜거리며 타올랐다. 오늘 밤에도 그는 잠이 오지 않을 것 같았다.

36

마태는 마티아스가 스승의 방에서 나오기를 초조하게 기다리며 텅 빈 뜰을 서성거렸다. 그 밀정이 스승과 무슨 이야기를 나누었을까? 무슨 구실로 스승을 옭아매려는 걸까?

그 악귀 같은 자는 자신을 지하 감옥에서 풀어준 대가로 다음날 베다니로 찾아오겠다고 말했다. 그땐 일부라도 좋으니 그동안 기록한 양피지를 반드시 넘기라는 조건이었다.

담 너머 더러운 골목에 병정놀이를 하고 있는 남자아이 서너 명이 내려다보였다. 이마와 눈매가 닮은 둘은 형제간인 듯했다. 마태는 자신도 언젠가 그 골목에서 그런 놀이를 한 적이 있는 것 같은 생각이 들었다. 지금도 눈을 감으면 마태는 푸른 물결이 넘실거리는 갈릴리 호수를 떠올릴 수 있다.

그 호숫가에 살 때 그에겐 부족한 것이 없었다. 세금 장부에 숫자 하나만 고쳐도 돈을 벌 수 있었다. 화려한 집에서 풍요를 즐기기만 하면 되었다. 그럼에도 마태는 가슴에 가시처럼 박힌 치욕을 견딜 수 없었다. 동족의 주머니를 털어 로마 놈 똥구멍에 갖다바치고 부스러기를 챙기는 세리란 이름 때문이었다.

갈릴리를 떠도는 스승이 마을에 들렀을 때 마태는 그를 집으로 들였다. 그를 진정으로 흠모했거나 그의 가르침을 따르고 싶어서는 아니었다. 군중들이 떠받드는 그를 극진히 접대함으로써 얼마간 그의 명성을 이용하겠다는 절반의 호기심과 절반의 과시욕 때문이었다.

집으로 온 예수의 행색에 마태는 실망과 기대를 동시에 느꼈다. 오래 걸어다닌 탓인지 그의 가죽신 바닥은 닳아 있었다. 옷은 햇볕 아래 웅크린 걸인의 것처럼 해졌고 뒤꿈치에는 각질이 두껍게 자리잡고 있었다. 길게 기른 머리카락 사이로 드러난 눈빛은 어둡게 번득였다. 남루한 행색이었지만 그 때문에 엄격함이 돋보이는 것 같았다.

마태는 선택했다. 평생 욕먹는 세리로 살기보다 그를 따르겠다고. 그의 위세를 업으면 더러운 세리의 오명을 벗을 수 있을 것이었다. 장부를 맡아 살림살이를 장악한다면 그의 오른팔이 될 수도 있었다. 그가 진짜 메시아라면 그 제자로서의 영광을 누릴 수도 있을 것이었다.

그러나 섣부른 기대가 착각이었음을 깨닫는 데는 오랜 시간이 걸리지는 않았다. 평생 일군 재산과 안락한 삶을 한순간에 버린 마태가 한 일은 걷고, 걷고 또 걷는 일뿐이었다. 포도밭과 올리브 나무 숲 사이를, 거친 광야와 구릉과 사막을. 갈릴리 호수에 먼동이 트는 새벽부터 가버나움에 황혼이 지는 밤까지 그들은 배고픔과 목마름에 시달리며 걸었다. 질 좋은 가죽 샌들은 해어지고 발바닥에는 물집과 굳은살이 아물지 않았다. 회계 업무를 맡았지만 규모 있게 쓸 예산도 정리할 지출 항목도 없이 무일푼으로 떠도는 무리의 끼니와 숙소를 책임져야 했다.

그럼에도 선지자를 따르는 사명감은 손가락질 받던 세리의 삶에 비할 수 없는 자존감을 주었다. 떠돌이 생활을 하면서도 마태는 스승이 무언가를 해낼 것을 믿었다. 그러나 궁핍과 도피생활은 언제 끝날지 알 수 없고 과연 끝나기나 할지는 더더욱 알 수 없었다. 언제부터인가 스승에 대한 돌기둥 같던 믿음도 흔들리기 시작했다. 그때 왜 모든 것을 팽개치고 기약 없는 길을 따라 나섰을까? 마태는 지금에야 뼈저린 후회를 하는 자신이 원망스러웠다.

"레위 마태. 약속을 잊진 않았지?"

마티아스가 불쑥 다가와 물었다. 예상했던 질문이었지만 마태는 화들짝 놀랐다. 마태는 조심스런 눈으로 주위를 돌아보고 마티아스를 문밖으로 이끌었다. 그들은 낡은 집들과 허물어진 담을 지나 감람산이 보이는 공터에 이르렀다. 수십 그루의 올리브 나무들이 자라는 농원에는 인적이 뜸했다.

나무 그늘 아래에 몸을 숨긴 마태는 품에서 양피지 두루마리 몇 장을 꺼내 건넸다. 땀에 눅진눅진해진 두루마리에는 고약한 냄새가 배어 있었다. 마티아스는 흡족한 표정으로 마태의 어깨를 두드렸다. 마태는 그의 손길을 뿌리치며 얼굴에 침을 뱉었다.

"알아. 난 더러운 밀정이야. 사악하고 비겁하기도 하지. 그러니까 조심해야 될 거야."

마티아스는 소맷자락으로 침을 닦고는 흰 이를 드러내고 웃으며 발길을 돌렸다. 마태는 불안한 표정으로 자신이 지금 무슨 짓을 했는지 생각해내려 애썼다. 누군가를 기다렸고 그러느라 천천히 열까지 숫자를 세었고 바람결에 실려 온 레몬 향기를 맡았고 나뭇가지들이 스적이는 소리를 들었고 그리고 또…… 누군가가 어둠 속으로 모습을 감추고 있었다. 마태는 멀어져가는 그의 뒷모습을 응시했다. 등 뒤에서 낯익은 목소리가 들려왔다.

"우리 필경사께서 밀정 놈과 무슨 밀담을 그렇게 다정하게 나누신 거지?"

어둑한 올리브 나무 그늘 뒤에서 유난히 흰 도마의 얼굴이 떠올랐다. 마태는 몸이 격렬하게 떨리는 당혹감을 느꼈다.

"밀담이라니? 자넨 지난 몇 년 동안 생사고락을 같이 해온 동료에 대한 예의도 없나?"

마태는 악몽 같은 지하 감옥을 떠올리며 몸서리를 쳤다. 도마는 마태에게서 시선을 거두어 달빛에 반짝이는 올리브 잎들을 찌르듯 바라보며 말했다.

"성전 감옥에 갔다온 뒤로 넌 변했어. 성전수비대에 걸리면 빠져나오지 못해. 빠져나온 것 같지만 자신도 모르게 긴 꼬리를 달고 있는 것을 나중에야 알게 되지."

마태는 조바심을 감추느라 침을 삼켰다. 이 의심 많은 자가 무언가를 알아차렸을까? 그럴 일은 없었다. 설사 그렇다 해도 상관없었다. 성전수비대에 기록을 넘긴 건 감옥을 빠져나오는 대가였고 제자단의 결백을 밝힐 증거일 뿐이니까.

"날 믿지 못하는 건가?"

"지금 누가 누굴 믿겠어? 내가 자네를? 자네가 안드레를? 안드레가 유다를? 천만에. 우리 중 누구도 다른 누굴 믿지 못해. 심지어 자기 자신도 믿지 못하지. 우리는 모두 쫓기고 있고 서로를 의심하고 있으며 자신을 불신하고 있으니까."

도마는 신앙처럼 의심했다. '믿는 자에게 복이 있다'라는 스승의 가르침조차 의심했다. 그는 믿을 수 없는 스승의 말을 더욱 회의함으로써 그 허황됨에 논리를 부여했다. 논리적인 허황됨. 그것은 확실히 모순이었다.

그는 인간처럼 모순적인 존재는 없다고 생각했다. 신의 성결함을 닮았으면서도 짐승의 야만성을 지닌 존재가 인간이었다. 인간은 숭고하면서도 속되고 순수하면서도 저속했다. 논리적이면서도 허황되고 영리하면서도 어리석고 선을 지향하면서도 동시에 악을 행했다. 의심과 믿음이라는 모순은 도마의 신앙을 구축하는 두 개의 수레바퀴였다.

"자네가 회의론자라는 건 이전부터 알고 있어. 하지만 날 밀정과 연결시키는 건 말도 안 되는 억지에 불과해."

마태가 힘없이 하소연했다. 도마는 적의를 담은 눈으로 마태를 노려보며 대꾸했다.

"의심받을 짓을 한 건 너야. 넌 우리 모두의 과거와 선생님의 기적과 말씀을 샅샅이 묻고 다녔어. 그리고 밤이면 그렇게 수집한 내용을 아무도 모르게 기록했어. 그렇게 모은 정보들을 정리한 양피지를 누구에게 넘겼지?"

"동료와 군중들에게 선생님 행적을 묻고 다닌 것은 사실이지만 난 밀정이 아니야."

마태는 쓴 입맛을 다시며 대답했다. 도마가 기다렸다는 듯 대꾸했다.

"대답하지 않아도 괜찮아. 네가 조나단의 끄나풀에게 건넨 기록이 어디로 갈지는 뻔하니까. 밀정이 아니라면 도대체 왜 그런 짓을 했지?"

"우리 중 누군가는 선생님이 행하신 기적과 하신 말씀을 기록으로 남겨야 하기 때문이야."

"그렇게 해서 얻는 게 뭔데?"

"기억하는 것."

"뭘?"

"선생님이 행하신 일과 하신 말씀들, 그로 인해 이 도시에서 일어난 변화들."

"모든 건 잊히게 되어 있어. 얼마간 기억하는 사람들이 있겠지만 모두 사라질 거야. 스승님도 우리도 모두 잊힐 거라고. 그런데도 넌 실체 없는 미래의 기억을 위해 스스로를, 그리고 우리 모두를 위험에 빠뜨렸어. 네 기록이 놈들의 손에 들어가면 우리를 몰아붙일 움직이지 못할 증거가 될 거야. 우리 죄를 우리 스스로 자백하는 꼴이겠지."

이해할 수 없는 스승의 말과 행적은 도마뿐 아니라 제자 모두를 불안하게 했다. 이제 그들의 적은 성전수비대도 로마군도 아니었다. 불안해하고 두려워하고 서로를 의심하는 자신들이었다. 마태는 정색하고 말했다.

"그 기록은 죄를 자백하는 게 아니라 우리 결백을 밝힐 증거가 될 거야."

도마는 고개를 내저었다. 성전수비대는 애초부터 제자단을 연쇄살인 집단으로 옭아매려 했다. 그런데도 그들이 순순히 마태를 풀어준 것은 다른 목표가 있기 때문이었다. 그들의 칼끝은 제자들이 아닌 스승을 향하고 있는 것이 분명했다. 그 사실을 아는 데도 어떻게 할 뚜렷한 방법은 없었다.

"우린 기껏해야 갈릴리 호수에서 고기 잡던 자와 세리와 열심당 끄나풀이야. 제각각 필요에 따라 모여든 뜨내기들이니 이젠 제 살 길을 찾아가면 되는 거야."

도마는 얇은 입술로 말했다. 마태는 고개를 끄덕여 도마의 말에 동의했다. 어쩌면 지금 선생님을 떠나는 것이 나을 것이다. 계속 머물다간 모두 배신자가 되거나 밀고자가 될지도 모르니까.

도마는 자신이 이미 밀고자가 되어버린 것 같았다. 하지만 그가 밀고자라면 모두가 밀고자일 것이다. 제자 중 누구도 불안하지 않은 자는 없을 테니까. 다만 그 불안의 정체를 모른다는 사실이 도마는 두려웠다.

37

한낮의 무더위가 수그러지고 선선한 공기가 도시를 감쌌다. 유다는 검은 두건 자락으로 얼굴을 감싸고 어둠 속으로 나아갔다. 스승과 동료들이 베다니로 돌아간 후 유다는 예루살렘에 남았다. 누군가 군중과 성전 상황을 살펴야 했다.

정탐과 밀행은 다혈질인 갈릴리인보다 냉정한 가리옷 사내에게 제격이었다.

나사렛 사람에 대한 소문은 발보다 빠르게 퍼졌다. 총독 얼굴에 침을 뱉어 웃음거리로 만들어버렸대. 과연 그가 메시아일까? 그를 따라다니는 여자를 봤어? 창녀를 데리고 다니는 메시아?

여인들은 수군거렸고 사내들은 키득거렸다. 그들의 웃음에는 부자연스러운 데가 없었다. 그들은 웃을 만했기 때문에 웃었다. 그러나 유다는 웃을 수 없었다. 그의 괴로움은 사람들이 스승을 메시아로 믿는다는 데 있었다. 더 본질적인 문제는 스승이 메시아가 아닐지도 모른다는 것이었다.

검은 고양이가 담장 위에서 유다를 지켜보았다. 등에 속죄양 두 마리를 얹은 나귀를 모는 남자가 지나갔다. 골목 저편 어두컴컴한 모퉁이에 검은 그림자가 서 있었다. 유다는 그에게 다가가 두건 자락을 들추어 얼굴을 보여주었다.

"형제여! 우리가 언제까지 기다려야 하는가?"

사내가 말했다. 유다는 두건 자락을 다시 끌어내리며 어렵게 입을 열었다.

"그는 생각보다 단단한 인물입니다. 그를 움직이려면 시간이 더 필요합니다."

"한두 마디 감언이설에 넘어올 자가 아니라 해도 벌써 2년이 지났어. 아직도 그는 무기력한 사랑타령에다 투쟁과는 상관없는 하늘나라만 뇌까리고 있고 말이야."

"제가 할 일을 게을리한 줄 아십니까? 제자단에 끼어 사마리아와 세겜 황무지를 헤매며 그에게 부탁하고, 읍소하고, 간구했습니다. 하늘의 양식보다 지상의 승리를, 관념 속의 사랑보다 현실의 자존심을, 죽음 후의 하늘나라보다는 살아서 누릴 영광을 찾자구요."

차갑게 식은 목소리가 사내의 두건 속에서 흘러나왔다.

"유다! 너는 노력했는지 모르지만 실패했어. 그자는 공공연히 가이사의 것을 가이사에게 돌리라고 말함으로써 로마 놈들에게 바치는 세금조차 합법화했어. 네가 2년 동안 그자에게 접근해 이룬 일이 고작 그거였나?"

유다는 절박한 심정으로 자신의 처지를 돌아보았다. 그가 과업에 실패한 건 사실이었다. 천신만고 끝에 접근한 예수의 신임을 사지도 못했고 그를 열심당 지도자로 옹립하지도 못했다. 제자단을 속이고 그 일원이 된 것도, 지난 2년의 풍찬노숙도 헛수고였다.

과오는 다른 누구도 아닌 유다 자신에게 있었다. 가이사리아 빌립보에서 예수를 만났을 때부터 유다는 알고 있었는지 모른다. 자신이 가능하지 않은 일을 떠맡았으며 임무에 성공할 수 없다는 사실을.

유다는 검은 물밑 같은 스승의 속을 짐작할 수 없었고 어떻게 설득해야 할지도 알 수 없었다. 놀랄 만큼 계산적인 그의 언변도 스승에겐 소용없었다. 생각해보면 스승은 남루한 옷자락에 퀭한 눈을 한 떠돌이, 아무것도 할 수 없는 무능한 선지자일 뿐이었다. 그가 죽음 이후의 삶을 이야기할 때 유다는 그가 하늘 왕국이라는 허울 좋은 말로 자신의 무능을 감춘다고 생각했다. 그럼에도 유다는 그를 떠나지 못했다. 무능한 스승에 대한 기대를 접으려 할수록 그는 더욱 강하게 유다를 끌어당겼다.

유다는 이럴 수도 저럴 수도 없었다. 그를 열심당 수장으로 만들고 싶지만 그렇게 할 수도, 그를 떠나고 싶지만 떠날 수도 없었다. 그가 메시아로서 열심당을 이끌고 로마군을 몰아낸 후 왕국을 건설한다면…… 그럴 가능성은 거의 없어 보였지만 실낱같은 확률이라도 포기할 수는 없었다.

"예수가 로마의 압제에서 우리를 해방시켜주리라는 어설픈 기대는 버려. 넌 실패했고 계획은 폐기되었으니까."

두건을 쓴 사내가 유다의 마음을 들여다보기라도 한 듯 말했다.

"실패로 단정하기에는 이릅니다. 로마인에 대한 반감으로 치자면 그도 열심당과 다르지 않습니다. 아직 희망이 있습니다. 그가 로마 총독에게 한 일을 보지 않았습니까?"

유다가 다급하게 대꾸했다. 사내는 잠깐 생각에 잠겼다.

"바라바가 로마 놈들에게 체포된 지 1년이 지났다. 유월절 전에 안토니 요새로 쳐들어가서 그를 구출할 거야. 로마군은 우리가 미치지 않고서야 감히 쳐들어오지 못할 거라고 방심하고 있다가 혼비백산하겠지. 게다가 그곳에는 로마 놈들의 엄청난 무기들이 쌓여 있어."

유다는 다급하게 사내의 말을 끊었다.

"그가 유월절을 앞두고 예루살렘으로 온 데에는 특별한 의미가 있습니다. 그는 아주 작은 행동으로도 어디로 튈지 모르는 불덩이 같은 유월절 군중을 폭발시킬 능력이 있어요. 우리가 모르게 어떤 일을 계획하고 있을 테니 시간을 주십시오."

"2년을 기다렸으니 며칠 더 기다리지 못할 이유는 없지. 하지만 유월절이 코 앞이야. 그가 마음을 돌리지 않았으니 우리 방식대로 할 수밖에 없어."

'우리 방식'의 의미는 자명했다. 포섭에 실패한 인물을 제거함으로써 후환을 없애는 열심당식 처리법이었다. 그 임무는 다른 누구도 아닌 유다에게 맡겨질 것이었다.

홀로 남은 유다는 어둠 속으로 멀어져가는 사내의 뒷모습을 망연히 바라보았다. 삐죽삐죽한 종려나무 잎들이 날카로운 뼈처럼 번득였다. 유다는 사내를 원망하지 않았다. 그가 원망한 사람은 다른 누구도 아닌 스승이었고 자기 자신이었다. 스승을 사랑하지 않았다면 그를 원망할 필요는 결코 없었을 것이다.

그는 제자 중의 다른 누구보다 스승을 잘 알았다. 그렇기 때문에 한쪽 눈으로는 스승을 사랑하면서도 다른 눈으로는 스승을 경멸할 수밖에 없었다. 증오가 섞인 사랑, 경멸이 섞인 존경. 원망하는 만큼 스승을 사랑하고 사랑하는 만큼 그를 원망하는 자신을 책망하며 그는 어둠 속으로 발길을 옮겼다.

시간이 형틀이 되어 그를 옥죄었다.

예루살렘으로 돌아가는 길은 하얀 띠처럼 구불거리며 어둠 속으로 이어졌다. 더러운 빨랫감처럼 우중충한 구름 사이로 새어나온 달빛에 세상은 하얗게 표백되었다. 야윈 잿빛 자칼 한 마리가 멀찌감치 뒤따라왔다. 멀리 예루살렘 시가지의 불빛이 반짝였다. 개 한 마리 짖지 않았고 풀벌레조차 울지 않았다.

예루살렘의 밤이 이렇게 조용하다는 것을 마티아스는 처음으로 깨달았다. 이 도시는 결코 조용한 곳이 아니었다. 낮 동안 시가지는 몰려든 순례자들과 환전상들, 희생물 상인들, 약종상과 가죽신 장수를 비롯한 장사꾼들로 북새통을 이루었다. 하지만 지금은 모든 것이 고요했다.

성문을 지나 성전산 오르막길을 거의 올랐을 때 종아리와 허벅지에 쥐가 났다. 마티아스는 뻣뻣한 다리를 부여잡고 절룩거리며 길옆 올리브 나무로 다가가 몸을 기댔다. 혹독한 피로 탓에 몸에서 열이 났고 뒷머리가 무거웠다. 경련을 일으킨 종아리 근육이 터질 것처럼 아팠다.

마티아스는 굳은 다리를 뻗고 앉아 통증을 참기 위해 두 눈을 감았다. 꿈을 꾸고 있는 것 같았다. 등장하는 모든 인물이 안개 속처럼 희미한 꿈, 끝없이 도는 수차처럼 끝과 시작이 없는 꿈, 꿈인 줄 알고 깨어나려 하지만 깨어나지 못하는 꿈, 간신히 외마디 소리를 지르며 깨어나지만 또 다른 꿈이 시작되는 꿈. 나흘 만에 부쩍 나이가 들어버린 것 같았다.

그때 어떤 손길이 마티아스의 종아리를 감싸쥐었다. 어둠 속에서 회색 머리카락과 잿빛 눈을 한 키 큰 로마인의 미소가 보였다.

"며칠 밤낮으로 예루살렘 구석을 헤매고 다녔으니 쇳덩이 같은 몸인들 견딜 수 있을까."

테오필로스는 소매를 걷고 마티아스의 종아리를 주무르며 핀잔을 내뱉었다. 찢어질 듯하던 통증이 조금 가라앉았다.

"내버려둬요. 쥐가 난 것뿐이니까."

마티아스는 테오필로스의 손을 내쳤다. 그에게 약한 모습을 들킨 것도 그의 도움을 받아야 하는 상황에도 짜증이 났다. 그가 이 시간까지 성전 입구에서 자신을 기다린 이유를 알 것 같았다. 그가 기다린 것은 자신이 아니라 자신이 취득한 오늘치 정보일 것이다. 마티아스는 선수를 쳤다.

"뭐 하나 꺼내봐요. 혹시 알아요? 나도 뭐 하나 내놓을

게 있을지?"

꾀죄죄한 몰골로 빙글거리는 마티아스의 얼굴에 위험한 고통이 엿보였다. 웃음은 고통을 참는 그의 유일한 방편이었다. 그다지 효과라곤 없었지만. 테오필로스는 그의 딱한 모습에 부아가 났다. 제발 좀 그렇게 히죽거리지 마. 뭐가 그렇게 좋다고 빙글거리는 거야? 속으로 소리쳤지만 말이 되어 입 밖으로 나오지는 않았다.

그들은 절뚝거리며, 비틀거리며 길에서 조금 떨어진 성벽 주춧돌로 가 앉았다. 그곳은 순례자들의 발길이 뜸했고 한결 서늘한 바람이 온몸의 땀과 열기를 식혀주었다. 테오필로스는 마티아스를 지켜보며 머뭇거리다 입을 열었다.

"사실은…… 어제 낮에 안토니 요새에만 들른 게 아니었어. 헤롯궁에서 우연히 안토니 요새 사령관을 만났는데 재미있는 얘길 하더군. 로마군 사이에서 횡행하는 신에 대한 얘기였지."

"로마군인들이 죽고 못 산다는 전쟁의 신 마르스 얘긴가요?"

"처음엔 나도 그렇게 생각했지. 로마인에게 최고의 전쟁신은 마르스니까. 하지만 그게 아니었어. 미트라라는 파르티아 신에 대한 이야기였거든. 흥미로운 점은 군인 조직처럼 견고한 미트라 교도들의 네 계급에 특별한 상징들이 결부되어 있다는 거야. '갈가마귀' 계급이 공기를 상징하고

'신랑' 계급은 물을, '군인' 계급은 땅을, '사자' 계급은 불을 상징한다는 거였지."

"갈가마귀와 신랑과 군인과 사자가 한밤에 사람들을 죽였다는 건가요?"

마티아스는 시큰둥한 표정으로 내뱉었지만 테오필로스의 말을 믿고 싶었다. 그의 말이 사실이라면 살인은 네 건으로 종료된 셈이니까. 더 이상의 희생자도 없을 테니까.

"살인자가 미트라 교리를 따랐다면 그럴 수도 있겠지. 하지만 네 가지 계급의 상징은 그리스 철학자 엠페도클레스의 4원소론과 관련이 있을 수도 있어. 그는 물, 불, 공기, 흙이 우주를 이루는 4가지 기본원소라고 주장했거든."

마티아스의 몸속에서 피가 빠르게 돌기 시작했다. 테오필로스는 생각할 시간을 주려는 듯 잠시 멈추었다가 말을 이었다.

"플라톤은 정다면체 이론으로 엠페도클레스의 4원소론을 설명했어. 그는 정다면체가 삼각형 세 개가 한 꼭짓점에서 만나는 정사면체Tetrahedron, 네 개가 만나는 정팔면체Octahedron, 다섯 개가 만나는 정이십면체Icosahedron, 그리고 사각형 세 개가 만나는 정육면체Cube와 오각형 세 개가 만나는 정십이면체Dodecahedron 다섯 가지뿐이라는 명제를 수학적으로 증명했지."

마티아스의 머릿속은 뒤죽박죽이 되었다. 이제 종아리

근육의 경련은 완전히 사라졌다.

"그게 살인자와 무슨 관련이 있다는 거죠?"

"정다면체는 각각 우주의 기본원소를 상징해. 뾰족한 삼각 구조인 정사면체는 뜨겁고 상처를 입는 불, 안정적이고 반듯한 사각의 정육면체는 흙을 상징하지. 마주 보는 꼭짓점을 가볍게 잡고 불면 돌아가는 정팔면체는 불안정한 공기고, 가장 원에 가까운 정이십면체는 유연하게 흐르는 물이야."

정확하지는 않지만 어떤 생각이 폭발을 일으킨 듯 순식간에 마티아스의 머릿속을 채웠다. 아무 연관이 없어 보이는 죽음들, 죽음의 장소와 죽은 자의 흔적들이 서서히 자리를 찾아갔다. 커다란 얼개 그림에는 아직 빠진 부분이 많고 어긋난 틈도 있었지만 한 가지는 명확했다.

"땅과 물과 불과 공기…… 그건 살인이 일어난 장소들과 관련이 있는 것 같아요. 첫날 성전 돌벽에 머리를 부딪친 소녀는 땅, 즉 흙의 심판을 받았어요. 둘째 날 지하 수로에 익사한 소녀는 물의 심판을, 사흘째 가마 속에서 불에 타죽은 소년은 불의 심판을 받았고 나흘째 로마 수도교에 목을 맨 백인대장은 공기의 심판을 받은 거죠."

마티아스는 죽은 자들의 얼굴을 하나하나 떠올리며 말을 이었다.

"그렇다면 현장의 단서들은 파라오의 징벌과 그리스 철

학자들의 4원소론을 결합한 이중 상징으로 볼 수 있겠지. 파라오의 징벌을 눈에 띄도록 한 이유는 범인을 율법에 충실한 유대인으로 생각하게 하려는 유인책이 될 테고. 놈은 율법에 정통하고 수사학과 논리학, 수학 같은 이방 학문에 능하며 기하학과 건축에도 해박해. 동시에 살인으로 지식을 뽐낼 만큼 잔인한 동시에 이성적이야. 그런 인물이 예루살렘에 흔치는 않겠지."

마티아스는 반사적으로 테오필로스의 말을 끊었다.

"그 거짓 선지자라면 말이 되지 않을까요? 정보에 의하면 예수는 열 살 무렵 성전 랍비들과 토론을 벌일 정도로 비상한 두뇌를 지녔어요. 게다가 그자의 설교는 화려한 수사로 가득해요."

테오필로스는 예수를 살인자로 지목하는 그가 사실을 얘기했다고 말해주고 싶었다. 그러나 그렇게 할 수 없었다. 그것이 사실이 아니라는 믿음 때문이었다. 그는 자신이 아끼는 이 청년에게 더 잔혹해져야 했다.

"확실히 그의 설교는 수사학의 향연이었어. 넘치는 비유와 강력한 표현, 수많은 은유와 예시로 가득했지. 하지만 수사학을 접한 자는 지천이야. 그리스, 로마 학자뿐 아니라 동방 지식인들 또한 그리스 철학과 수사학을 접할 수 있으니까."

테오필로스는 집게손가락으로 자기 얼굴을 가리켜 보이

며 말을 이었다.

"만약 수사학이나 철학 지식으로 이런 살인을 저질렀다고 주장한다면 자넨 날 살인자로 지목하는 셈이야."

"죽은 자들이 하나같이 예수와 관련되어 있는 건 분명한 사실이에요. 그들 모두 십계명을 어겼고 그 과정에 예수가 결정적인 역할을 했다는 것이 자명하게 드러났잖아요."

"그들은 십계명을 어기기도 했지만 동시에 예수에 관한 놀라운 소문의 주인공들이기도 했어. 헬레나는 바리새인들의 돌팔매에 죽을 뻔했고 야이로의 딸은 병으로 죽었다가 예수의 도움으로 살아났지. 벤자민은 보리빵 다섯 개와 물고기 두 마리로 5천 명을 먹인 기적을 목격했으며 백인대장 역시 종을 통해 치유의 기적을 체험했어. 그들 모두가 예수의 기적을 체험한 주인공이거나 목격자였던 거야."

"그래요. 수많은 증거들이 예수를 지목하고 있어요. 그래도 그 사기꾼을 변호하실 건가요?"

"죽은 자들이 예수와 관련되어 있다는 사실은 그에 대한 의심을 뒷받침할 수도 있지만 그 반대로 볼 수도 있어. 만약 죽은 자들의 신원이 밝혀지고 그들과 예수의 관련성이 드러나면 어떤 일이 벌어질까? 공포에 사로잡힌 군중과 추종자들은 그를 떠나려 하겠지? 그렇게 되면 예수는 가해자가 아니라 오히려 피해자가 되는 거야. 그가 바보라고 해도 자신의 추종자들을 물리치기 위해 살인을 저지를 만큼 어리석을까?"

테오필로스의 물음은 의도와 상관없이 마티아스에게 가혹한 공격이 되었다. 만약 다른 사람이 그렇게 말했다면 마티아스는 얼굴을 붉히거나 주먹을 날렸을 것이다. 그러나 똑같은 말이라도 테오필로스에게는 그럴 수 없었다. 그가 하는 말은 불쾌하게 들리지 않았다. 그에게서라면 질책도 비난도, 어쩌면 저주까지도 받아들일 수 있을 것 같았다. 그의 말이 진실이기 때문일 것이다.

"그렇더라도 난 그자를 용서할 수 없어요."

"왜 유독 예수에게 가혹하게 구는 거지?"

"그자가 가장 약한 사람들을 먹잇감으로 노리기 때문이에요. 가장 가난하고 힘없고 외로운 사람들의 마지막 피 한 방울까지 빨아먹으려 하기 때문이에요. 그들 말고도 빨아먹을 놈들은 쌔고 쌨어요. 돈 많은 장사꾼들, 배에 기름기가 디룩디룩한 로마 놈들, 동족에게 뜯어낸 돈을 세고 있는 세리들…… 하지만 놈이 먹잇감으로 삼은 건 배우지도 똑똑하지도 못하고 순하기만 해서 세상 물정에 어둡고 남의 말에 솔깃한 그런 착한 사람들이에요. 가진 것도 빼앗길 것도 없는 그들에게 달콤한 위로와 사랑의 미끼를 던지는 거예요."

"그런데 그는 가진 것이라곤 아무것도 없는 자들에게서 무얼 빼앗겠다고 접근하는 걸까?"

마티아스는 말문이 막혔다. 테오필로스는 말을 이었다.

"어쩌면 그들은 가진 것이 없기 때문에 위로가 필요하고 사랑받지 못하기 때문에 사랑이 필요한 게 아닐까?"

마티아스는 이제 선택해야 했다. 자신의 오류를 인정하고 다시 사건의 진실을 찾든가, 아니면 계속 예수를 살인자로 몰든가. 그것이 마티아스가 처한 곤경의 본질이었다. 예수를 살리고자 하면 자신이 죽어야 하고 자신이 살려면 죄 없는 예수를 죽여야 하는 이율배반. 올가미에 걸린 사람은 예수가 아닌 자신이었다.

그 서늘한 깨달음이 사금파리처럼 마티아스의 살 속을 파고들어 예리한 고통을 주었다. 무언가를 안다는 것이 짐이고 진실이 형벌처럼 느껴졌다.

38

마티아스는 힘겨운 싸움 끝에 치명적인 상처를 입고 어기적거리며 자신의 굴로 돌아가는 늙은 사자처럼 성전으로 돌아왔다. 광대한 성전 뜰은 어둠과 정적을 가득 담은 거대한 그릇이었다. 차가워진 밤공기에 돌벽이 식고 긴 회랑을 따라 등잔불이 가물거렸다. 그는 뜰을 둘러싼 긴 행랑, 끝없이 늘어선 아치 기둥을 지나 감방으로 가는 지하 통로로 들어섰다.

낮 동안 그토록 심하게 몸을 굴렸지만 퀴퀴한 감방 속에서 잠을 청하기란 쉽지 않았다. 따뜻한 햇살 속에서 성전 뜰을 거닐고, 코르넬리아의 안뜰에서 달콤한 무화과 향기를 맡고, 성전수비대의 준마를 타고 광야를 마음껏 달리고 싶은 충동으로 그의 정신은 더욱 또렷해졌다.

지난 며칠 동안 조사한 예수의 행적은 불분명했다. 밀정 정보를 샅샅이 검토해 그의 의심적은 행적과 대조했지만 어떤 실체적 진실도 얻지 못했다. 그럼에도 그는 자신의 조사가 제대로 된 방향으로 가고 있다고 믿었다. 밀정들이 무엇을 보고 들었든, 그것이 사실이든 아니든 모든 보고서의 결론은 하나로 귀결되었다. 그자가 유대를 뒤흔들 위험인물이라는 것이었다.

마티아스는 품에서 작은 양피지 조각을 꺼냈다. 예수의 필경사 마태를 족쳐 얻어낸 유일한 수확이었다. 지금으로서는 이 양피지가 예수의 정체를 밝힐 유력한 실체적 증거였다.

예수는 유대는 물론 시리아와 이집트 등 동방지역과 아테네, 로마에도 알려진 웅변가였다. 그자의 설교에는 듣는 이를 감동시키는 것은 물론 자신을 비판하던 사람까지도 동화시키는 힘이 있었다. 어떤 사람은 그것을 성령의 힘이라 했고 어떤 사람은 그가 하나님의 아들이기 때문이라고

했다.

그 말이 사실인지 아닌지는 확실치 않지만 그자가 삼단
논법과 딜레마, 비유와 가설, 논박과 역설을 자유자재로 구
사한 것은 분명했다. 말이 음성으로 형상화된 한 인간의 영
혼이라면 예수의 말은 그가 어떤 인간인지를 알려주는 가
장 정확한 표지일 것이다. 그의 말을 해석할 수 있다면 거
기에서 파생된 그의 행동을 이해할 수 있는 것이다.

마티아스는 두루마리를 두 번 읽었다. 처음에는 떠듬거
리며 읽었고 그 다음에는 한 자 한 자 노려보며 읽었다. 빛
은 어둑했고 글자들은 깨알 같았다. 흔들리는 불빛에 살아
난 글자들이 벌레처럼 두루마리 위를 기어다니는 것 같았다.

그때에 예수께서 성령에 이끌리어 마귀에게 시험을 받으러 광
야로 가사 / 사십 일을 밤낮으로 금식하신 후에 주리신지라

시험하는 자가 예수께 나와서 가로되 네가 만일 하나님의 아
들이어든 명하여 이 돌들이 떡덩이가 되게 하라

예수께서 대답하여 가라사대 기록되었으되 사람이 떡으로만
살 것이 아니요 하나님의 입으로 나오는 모든 말씀으로 살 것이
라 하였느니라 하시니

이에 마귀가 예수를 거룩한 성으로 데려다가 성전 꼭대기에
세우고 / 가로되 네가 만일 하나님의 아들이어든 뛰어내리라 기
록하였으되 저가 너를 위하여 그 사자들을 명하시리니 저희가 손

으로 너를 받들어 발이 돌에 부딪히지 않게 하리로다 하였느니라

예수께서 이르시되 또 기록되었으되 주 너의 하나님을 시험치 말라 하였느니라 하신지라

과도하게 흥분하지도, 그렇다고 모호하지도 않은 필치로 마치 자신이 직접 본 것처럼 명확한 묘사였다. 마티아스는 생각했다. 이 글을 쓸 때 마태의 심정은 어땠을까? 그는 진실로 이 글의 내용을 믿었을까? 아니면 그랬으면 좋겠다고 상상한 걸까? 그것도 아니라면 사람들이 믿을 거라고 생각되는 방식대로 썼을 뿐일까? 믿을 수 없는 스승의 믿을 수 없는 행위를 쓰면서 그는 무슨 생각을 했을까? 결코 믿을 수 없는 것을 믿어야 하는 절망적인 상황을 그는 어떻게 견뎠을까? 마티아스는 희미한 불빛이 새어드는 창살 가까이로 다가가 두루마리의 마지막 구절을 다시 읽었다.

마귀가 또 그를 데리고 지극히 높은 산으로 가서 천하만국과 그 영광을 보여 / 가로되 만일 내게 엎드려 경배하면 이 모든 것을 네게 주리라

이에 예수께서 말씀하시되 사탄아 물러가라 기록되었으되 주 너의 하나님께 경배하고 다만 그를 섬기라 하였느니라

이에 마귀는 예수를 떠나고 천사들이 나와서 수종드니라

이토록 허황된 거짓을 믿어야 할지 말아야 할지 마티아스는 종잡을 수 없었다. 중요한 것은 문장 속에 감추어진 특별한 상징, 기록 아래에 숨은 진실이었다. 가령 '광야의 40일'은 이집트를 탈출한 유대인이 광야에서 겪은 40년의 고난과 연관이 있을 것이다. 마귀라는 존재도 실제로 봤다기보다 어떤 인물을 상징하며, 세 가지 유혹 또한 단순화된 비유에 불과할 것이다.

마티아스는 예수의 공적인 삶이 최초로 시작된 원점, 그러니까 그가 광야로 들어가기 전으로 돌아가야 한다고 판단했다. 어떤 행동이 이전 행동의 결과이며 다음 행동에 대한 예고라면 역순으로 어떤 행위의 원인을 추적할 수 있다는 생각 때문이었다.

예수의 이름이 사람들의 입에 오르내리기 시작한 시점은 3년 전이었다. 그 이전의 그는 아무것도 아닌 존재였다. 누구도 그의 이름을 알지 못했고 그가 하는 말에 귀 기울이지도 않았다. 그런 그가 어느 날 어두운 하늘의 혜성처럼 빛을 뿜기 시작했다.

3년 전에 그에게 무슨 일이 있었던가? 그것은 그가 세례요한에게 세례를 받은 일과 관련이 있었다. 그가 광야로 들어간 것은 요단강에서 세례를 받은 직후였다.

마티아스는 예루살렘을 들끓게 만들었던 세례요한의 죽음을 기억했다. 생각해보면 예수의 공적인 삶은 세례요한의 죽음으로부터 시작되었다고 해도 과언이 아니었다. 세례요한이 죽음을 택했던 건 예수를 유일한 메시아로 만들기 위해서가 아니었을까? 그의 의도야 어쨌든 예수는 실제로 그렇게 되어갔다.

대제사장과 총독 빌라도와 갈릴리 영주 헤롯 안티파스에겐 두 가지 길이 있을 뿐이었다. 회유나 제거. 안티파스는 이미 세례요한을 제거함으로써 군중의 격렬한 저항과 혼란을 경험한 바 있었다. 빌라도와 성전 지도부도 그 사실을 모르지 않았을 것이다. 마티아스는 그들이 예수를 회유하거나 겁박하기 위해 온갖 노력을 기울였을 거라는 추론을 이어갔다.

가장 먼저 광야의 예수를 찾은 자는 안티파스였을 것이다. 티베리아스를 화려한 로마풍 도시로 치장하고 진기한 물건에 탐닉한 그는 물질에 대한 탐욕을 지닌 인간이었다. 도시 하나를 세울 금력을 지닌 자이니 예수를 부자로 만들어주겠다는 회유가 불가능하지 않았을 것이다. 마태의 기록은 예수가 '사람이 떡으로만 살 것이 아니요 하나님의 입으로 나오는 모든 말씀으로 살 것'이란 한마디로 그의 회유를 거절했다고 쓰고 있었다.

두 번째로 광야를 찾은 자는 성전의 입장을 전하는 대리인이었을 것이다. 그는 예수에게 여호와의 아들이든 아니든 상관없으니 성전에서 얼쩡거리며 그 권위를 범하지 말라고 경고하지 않았을까? 성전을 문란하게 하지 않는다면 안전할 거라는 약속임과 동시에 성전에 도전하지 말라는 경고. 예수는 마찬가지로 '주 하나님을 시험치 말라'는 말로 그 제안을 거절했다.

예수는 그때 알았는지 모른다. 선지자의 삶이 끝나는 방식은 두 가지밖에 없다는 것을. 군중에 의해 죽거나 권력에 의해 죽거나. 아니, 그는 분명히 알고 있었다. 자신의 마지막 행로가 예루살렘, 그중에서 성전이 될 것임을. 그곳에서 모든 권위와 모순과 억압에 맞서야 하며 끝내 죽음을 피하지 못하리라는 것을.

마지막 방문자는 빌라도였을 것이다. 그는 자신을 왕으로 경배한다면 일정한 정치권력을 주겠다는 제안을 내놓았을 것이다. 왕국과 영광을 주겠다는 빌라도의 제안과 예수의 거절.

마태의 기록은 이토록 허황되면서도 설득력 있는 흥정, 모두가 이득을 누릴 수 있었지만 깨어지고 만 거래를 기록하고 있었다.

세 가지 제안을 모두 거절함으로써 예수는 재물을 꿈꿀 수 없게 되었고 목숨을 위협당해야 했으며 지상의 왕이 될 수도 없게 되었다. 대신 그는 지상의 부귀와 권력에 맞서는 선지자로서의 자아를 확립하고 광야를 걸어나왔던 것이다.

마티아스는 자신의 추론에 근거가 박약하고 충족되지 않

은 무엇이 있다고 느꼈다. 그럼에도 마태의 기록은 율법에 해박하면서도 율법에 대항하는 예수의 정체를 보여주는 유력한 증거였다. 율법을 도구로 사용해 율법을 해체하려는 시도는 성전의 권위를 허물기 위해 성전을 이용한 예수의 방식을 떠올리게 했다.

이 추론이 타당성을 얻으려면 예수가 광야에 머물던 기간 중 헤롯 안티파스와 빌라도의 행적을 대조할 필요가 있었다. 조나단이 정보기록을 순순히 내줄지는 의문이었지만 일단은 요청해볼 필요가 있었다.

지끈거리는 머릿속에서 처음으로 사람을 죽인 일이 떠올랐다. 더없이 화창한 날씨였고 가이사리아 원형경기장 구석이었다. 지칠 대로 지친 마티아스는 경기장 목책에 기대 겨우 몸을 지탱하고 있었다. 탈진 직전이라 눈이 제 기능을 하지 못했다. 쇠투구의 좁은 시야 너머 쇠침이 꽂힌 곤봉을 쳐들고 달려드는 시리아 검투 노예의 희미한 윤곽이 보였다. 마티아스는 마지막 힘을 짜내 곤봉을 피하며 옆으로 돌아 짧은 로마 검으로 그의 왼쪽 옆구리를 찔렀다. 사내의 배에서 뿜어져나온 뜨뜻한 피가 투구 위로 끼얹어졌다.

그 순간 그가 자신을 죽이려 했다는 사실이 새삼 생생하게 느껴졌다. 증오와 복수심이 솟구쳤다. 전혀 의도하지 않았던 감정이었다. 마티아스는 희생양의 목을 따듯 칼날에 힘을 주어 뒤틀었다. 사내의 배에 붉은 틈이 벌어지며 선명한 색깔들이 흘러나왔다. 푸르딩딩한 창자와 붉은 피와 내장과 갈색 지방덩어리들이 모래바닥에 쏟아졌다. 가쁜 숨을 쉴 때 사내의 목이 옆으로 꺾였고 힘이 빠진 허벅지는 보일 듯 말 듯 꿈틀거렸다.

사내는 두 눈을 가늘게 뜨고 마티아스를 바라보았다. 원망하기보다는 무언가를 받아들이는 눈빛이었다. 하지만 무엇을 받아들인다는 말인가? 자신의 죽음을? 적의 잔혹을?

마티아스는 그의 시선을 피하며 칼을 떨어뜨렸다. 벌거벗은 피부는 땀과 피로 미끈거렸고 투구 아래 젖은 머리카락은 두피에 눌러 붙어 있었다. 그는 고개를 들어 하늘을 우러러보았다. 백열하는 태양이 하얗게 달아오른 수백 가닥의 철사처럼 눈알을 찔렀다. 비릿한 자신의 땀냄새와 죽은 자의 피냄새, 사방에서 들려오는 함성 소리. 그는 자신이 무슨 짓을 했는지 알지 못했다. 그 일들을 순서에 따라 해낸 자신의 냉혹함을 이해할 수 없었다. 그리고 그 냉혹함이 낳은 결과를.

외형적으로 그는 목숨을 부지했을 뿐 아니라 승자가 되었다. 그 사실을 인식하는 순간 그의 내부에서 뭔가가 툭 소리를 내며 끊어졌다. 동시에 그라는 존재가 와르르 무너졌고 그가 믿던 세계가 완전히, 영원히 붕괴했다. 그는 여전히 같은 이름으로 불리고 같은 용모로 살겠지만 그의 삶은 달라질 것이다. 평생 거짓말이 이어질 것이고 아무 말도 하지 않는 순간조차 남들을 속이는 삶이 될 것이다. 만약 그가 부자가 된다면 살인자인 부자일 것이고 재산 전부를 가난한 자들에게 나누어주어도 살인자인 자선가일 것이다.

물론 그는 이전에도 죄를 지었다. 모르는 사람에게 주먹을 휘둘렀고 마음에 들지 않는다고 욕설을 내뱉었고 사소한 언쟁에도 칼을 뽑았다. 그밖에도 그는 자신이 기억조차 하지 못하는 숱한 죄를 지었다. 그것들은 속죄양을 바치고 기도를 올리면 사함 받을 법한 죄였다.

그러나 살인은 달랐다. 이전의 어떤 죄와도 달랐고 그것을 모두 합친 것과도 달랐다. 그는 이전과 다른 인간, 오염된 인간, 다시 깨끗해질 수 없는 인간이 되었다. 다시는 사람을 죽이기 이전의 자신, 죄를 짓기 이전의 자신으로 돌아갈 수 없다.

마티아스는 검투장에서, 전쟁터에서, 뒷골목에서 자기 손으로 죽인 자들을 생각했다. 그들의 얼굴을 떠올리며 숫자를 세었다. 하나, 둘, 셋, 넷…… 숫자가 늘어날 때마다 자신이 떠나온 곳에서 점점 멀어지는 듯했다. 그러다 일곱 명째부터 세기를 멈추었다. 그들의 죽음을 어깨에 짊어지고 살아갈 자신이 없었다.

그 숫자는 단순히 그가 죽인 사람들의 숫자가 아니었다. 그가 꺼버린 삶의 불빛이었고 말살시켜버린 가능성이었다. 그들은 좋은 아들이 될 수도, 유능한 군인이 될 수도, 현명한 현자가 될 수도, 한 나라의 왕이 될 수도 있었다. 그러나 죽음은 그 모든 가능성을 소멸시켰다. 그들의 가능성은 꾸지 못한 꿈, 닿지 못한 여행지, 부르지 못한 노래가 되었다.

그는 자신의 가능성에 대해서도 생각했다. 좋은 부모를 만나 율법과 지식을 배웠을 가능성, 좋은 남자가 되고, 사랑하는 여자를 떠나보내지 않았을 가능성, 예쁜 아이를 낳고 그 아이가 성인이 되는 것을 바라볼 가능성, 좋은 남편이 되고 자상한 아버지가 될 가능성, 넓은 뜰과 아름다운 정원을 가질 가능성, 나이가 들고 배가 나오고, 기력이 쇠하고 제 명에 죽을 가능성에 대해.

그것이 그가 꾸었던 꿈이었다. 그렇게 대단하지도 불가능하지도 않은, 보기에 따라서는 평범하기 짝이 없는 꿈. 그러나 그 꿈은 말 그대로 꿈처럼 사라졌다.

축축한 감옥의 냉기에 휩싸여 그는 사라져버린 자신의 꿈을 생각했다. 그러다 문득 그것이 사라진 것이 아니라 처음부터 자기 것이 아니었다는 사실을 쓸쓸하게 깨달았다.

제6일
어둠 속의 살인자
목요일 — 유월절 하루 전

예수께서 제자들에게 이르시되 오늘 밤에 너희가 다 나를
버리리라 기록된 바 내가 목자를 치리니 양의 떼가 흩어지리
라 하였느니라

—마태복음 26: 31

39

경비병의 창끝이 어깨를 쿡쿡 쑤시는 바람에 마티아스는
잠을 깼다. 관절 곳곳이 삐걱거렸고 부은 두 눈이 떠지지
않았다. 발가락 사이에 잡힌 크고 작은 물집들이 쓰라렸다.
샌들을 벗어보니 터진 물집에서 흘러나온 진물과 피딱지가

엉겨 있었다. 머리는 화강석처럼 무거웠고 모래를 삼킨 듯 입안이 텁텁했다.

성전 뜰로 나서자 뿔 나팔 소리가 이명처럼 귓가에 맴돌았다. 마티아스는 조나단을 찾아가 3년 전 여름 빌라도와 헤롯 안티파스의 공식, 비공식 동선에 대한 기록을 부탁했다.

각지의 정보 보고서와 정세분석 보고서를 검토하던 조나단은 심드렁한 표정으로 고개를 들었다. 쓸데없는 짓 하지 말고 네 일이나 똑바로 해! 라고 말하는 눈빛이었다. 그러나 그들의 동선이 예수의 당시 행적을 밝히는 중요한 단서라는 말에 마지못해 수락했다.

"한번 알아보기나 하지."

행랑에는 비릿한 땀냄새가 풍겼다. 순례자들의 기도 소리가 어지럽게 귓전을 떠돌았다. 기도하는 모습은 인간이 어떤 존재인지 보여주는 표본이었다. 모두가 같은 소원을 비는 것처럼 보이지만 소원 앞에서 인간은 제각각이었다. 부모와 자식, 남편과 아내, 형제와 자매, 스승과 제자도 기도하는 동안은 타인이었다.

귓가에 맴도는 기도 소리를 들으며 마티아스는 자신의 소원을 생각했다. 그러나 차마 그것을 기도할 용기는 없었다. 자기에게는 그럴 자격이 없다는 생각이 들었다.

행랑에서 만난 테오필로스는 지친 기색이었다. 마티아스가 다가가자 그는 기다렸다는 듯 말했다.

"우리는 지금까지 네 사건의 살해 수법과 피해자 신분, 그리고 현장 증거에 주목해왔어. 그런데 우리가 빠뜨린 게 있는 것 같아."

"그게 뭐죠?"

"누군가의 죽음과 그 장소에는 불가분의 관계가 있어. 군인은 전쟁터에서 죽고 중풍환자는 침대에서 죽는 법이지. 사람을 찌르고 달아날 만한 뒷골목이 넘쳐나는데 왜 하필 그곳이어야 했을까? 더 쉽고 간편한 곳을 두고 굳이 그곳을 선택한 건 그곳이 아니면 안 되는 이유가 있는 것이 아닐까?"

테오필로스는 쭈그리고 앉아 바닥에 예루살렘 시가지를 그렸다. 마티아스는 마디가 불거지지 않은 매끈하고 긴 그의 손가락이 부러웠다. 책상물림을 하느라 단단하거나 거친 것, 칼이나 창 같은 걸 만진 적이 없는 손, 사람이나 양의 피가 묻은 적이 없고 타인의 턱으로 날아가거나 목을 조른 적이 없는 손. 그렇게 순결하고 희고 보드라운 손을 갖고 싶었다.

테오필로스는 시가지 약도에 성전과 실로암 샘을 잇는 지하 수로와 시가지 남쪽 빵공장, 그리고 힌놈 골짜기 남쪽 수도교의 위치를 표시하고 선으로 연결했다. 일그러진 사각형 모양이 드러났다. 그는 늘어진 소매주름을 정리하며 말했다.

"네 장소의 위치에 공통점으로 볼 만한 사실은 없어. 위치가 아닌 다른 공통점이 있을 거야."

마티아스는 무심한 표정으로 테오필로스의 지도 옆에 아치 모양의 수도교를 쓱쓱 그렸다. 그 순간 어떤 형상이 마티아스의 머릿속에 선명하게 떠올랐다. 아침 햇살에 모습을 드러내는 니카노르의 문설주, 까마득한 수도교, 깜깜한 지하 수로의 암벽, 식어버린 빵가마…….

"바로 이거예요."

마티아스는 자신이 그린 수도교를 가리키며 말했다.

"살인현장들은 서로 떨어져 있지만 같은 형상을 숨기고 있어요."

"뭐? 아치 말인가?"

테오필로스는 무심코 수도교의 아치 기둥을 내려다보며 대꾸했다.

"그래요. 백인대장의 목을 매단 수도교는 아치 교각 수십 개의 집합체예요. 니카노르 문은 거대한 아치문이고 에제키엘 지하 수로 역시 바위를 아치형으로 깎은 터널이에요. 벤자민이 죽은 빵가마 또한 둥근 궁륭 지붕 모양이구요."

테오필로스는 사려 깊은 표정으로 그림을 응시했다. 그러더니 뭔가 생각난 듯 아치의 역학적 기능과 건축적 효용에 대해 설명하기 시작했다.

"아치 구조는 기능적, 미적으로 기둥과 들보보다 우수한 건축술이야. 큰 석조건물이 지붕 무게를 견디려면 들보가 굵어지거나 기둥이 늘어날 수밖에 없지. 그렇다고 무작정 기둥을 늘리다 보면 실내가 어둡고 좁아지게 돼. 하지만 아치 구조는 위에서 누르는 지붕의 압력을 건물 전체에 분산시킬 수 있는 우수한 공법이지. 대신 각이 조금만 어긋나거나 균형이 깨지면 무너지기 때문에 숙련된 석공만이 시공할 수 있어. 성전 건축을 추진한 사람은 헤롯이지만 그 일을 해낸 사람들은 석공들이었던 거지. 아치 공법을 적용하지 않았다면 성전은 지어질 수 없었을 테니까."

테오필로스의 설명을 듣는 동안 마티아스의 머릿속에 경이로운 아치 구조물이 떠올랐다.

"성전 하부 공간은 거대하고 복잡한 아치들의 연결체예요. 그곳은 성전수비대의 무기고이고 세공 장인의 공방이며 제물들을 보관하는 저장고이기도 해요. 게다가 예루살렘의 쓰레기들을 가두는 감옥까지 있죠. 성전에 반드시 필요한 기능들을 수행하는 보이지 않는 공간들이 개미집 같은 미로로 연결되어 있어요."

마티아스는 자신이 얼마나 중요한 사실을 놓치고 있었는지 깨달았다. 어린 시절 그곳 정육장에서 일했고 지금도 그곳 감옥에 갇혀 있으면서 어떻게 아치를 떠올리지 못했다는 말인가?

아치는 살인자가 하려는 어떤 말을 대신하고 있었다. 그게 뭘까? 왜 아치여야만 했을까? 살인자는 수학뿐 아니라 건축에도 밝은 자가 분명했다.

마티아스의 머릿속에서 어떤 목소리가 가물거렸다. 그것이 누구의 목소리인지 생각나지 않았다. 어쩌면 생각하지 않기 위해 안간힘을 쓰고 있는지도 몰랐다. 그러나 그 선명한 목소리를 어떻게 기억에서 지울 수 있을까?

'그분은 하나님의 아들이에요. 비록 가난한 목수의 아들로 오셨지만……'

만약 예수가 숙련된 목수라면 크고 작은 손상과 마모가 끊임없이 진행되는 성전보수 작업에 참여했을 것이다. 순례자들의 수레바퀴에 가라앉은 바닥돌과 기울어진 벽체를 갈고 바스러진 벽돌과 쥐들이 쏠은 천장을 고쳤을 것이다. 성전보수뿐 아니라 예루살렘 곳곳의 공사에 동원되었을 수도 있었다. 그는 로마 수도교 공사에 참여했을 수도 있고 기혼 샘 지하 수로에 대해서도 누구보다 잘 알 것이다.

예수가 목수의 아들이자 목수라는 사실은 그가 아치 구조와 기능을 누구보다 잘 이해할 거라는 추측과 정확히 부합했다. 그렇다면 모든 피살자가 아치 구조물에서 살해되었다는 사실과는 어떻게 부합할까? 그리고 그 사실은 마리아의 운명에 어떤 위협으로 작용할까? 마티아스는 다급한 목소리로 물었다.

"플라톤의 정다면체가 네 가지가 아니라 다섯 가지라고

했죠? 불을 상징하는 정사면체, 공기를 상징하는 정팔면체, 물을 상징하는 정이십면체, 흙을 상징하는 정육면체……그리고?"

"정십이면체야. 12궁 별자리와 1년 열두 달로 이루어진 우주를 상징하지. 플라톤의 제자 아리스토텔레스는 우주가 제5원소 에테르로 이루어졌다고 생각했어. 불안정한 지구 물질인 4원소와 달리 안정적인 조화를 이룬 이데아의 물질이지."

에테르, 에테르…… 서늘한 깨달음이 마티아스의 머릿속을 스쳤다. 에테르가 뭔지는 모르지만 그건 다음 살인의 무기가 될 것이다. 성전의 돌벽과 기혼 샘의 수로와 빵가마의 불길과 수도교에 목매달린 시체가 그랬듯. 놈은 유월절 아침을 자신의 살인을 완성하는 시점으로 잡은 것이다. 마티아스는 고개를 들었다.

"살인은 아직 끝나지 않았어요. 다음 살인을 막아야 해요."

말을 하고 있으면서도 마티아스는 자신할 수 없었다. 그는 미래를 예언하는 선지자가 아니었으니까. 그러나 정교한 살인의 연쇄 고리가 이어진다면 다음 범행을 짐작할 수 있고 하기에 따라선 발생할 살인을 막을 방법도 없지 않을 것이다.

"아리스토텔레스는 에테르의 실체를 밝힌 적이 없어. 다만 불변하고 불멸하는 제5원소로만 알려져 있지. 그런데 뭘 근거로 놈을 막겠다는 건가? 누가, 어디서, 어떻게 죽는단 말인가?"

테오필로스는 걱정스런 표정으로 말했다.

"한 가지는 분명해요. 지금까지의 전례로 보면 오늘 밤 참변에도 예수가 빠지지 않을 거예요. 어떤 방식으로든 사건에 관여하고 영향을 미치려 들겠죠. 그렇지 않다 해도 그 자를 근접 감시하면 더 직접적이고 결정적인 실마리를 잡을 수 있을 거예요."

"만약 그가 베다니를 떠났으면 어떻게 할 거지?"

"찾아야죠. 그자가 어디로 가든 찾아야 해요. 절대 그자에게서 눈을 떼면 안 돼요."

마티아스는 벌떡 일어나 달리기 시작했다. 등 뒤에서 자신을 부르는 테오필로스의 갈라지는 목소리가 들렸지만 멈출 수 없었다.

단골 마방에 들른 그는 늙은 말 한 마리를 빌려 타고 베다니로 달렸다. 길에는 멀리 에돔과 갈릴리, 사마리아에서 온 순례자들이 꾸역꾸역 밀려왔다. 순례자들이 몰고 온 마소와 수레 때문에 앞으로 나아갈 수가 없었다. 마티아스는 주도로에서 벗어나 황무지로 난 비탈길을 택했다. 길바닥의 자갈들과 낮게 드리운 가지들이 빠르게 뒤로 물러났다.

　마티아스는 정오를 조금 남긴 시간에 베다니에 도착했다. 예수 일행은 그곳을 떠나고 없었다. 나사로의 여동생은 그들이 예루살렘으로 떠났다고 말해주었다.

　예루살렘으로 돌아온 마티아스는 시가지 남쪽에 있는 약재상을 찾았다. 요셉이라는 소년이 그 약재상의 심부름꾼으로 일하고 있었다. 열여덟 살이 된 그는 약재를 손질하거나 조제약을 배달하는 잡일에 진저리를 내던 참이었다. 그 나이 때의 자신을 떠오르게 하는 아이, 완만하고 느린 세상 물살에서 벗어나 급류를 타고 까마득한 폭포 아래로 뛰어내리고 싶어 하는 아이.

　소년은 코르넬리아의 집으로 약 배달을 올 때마다 마티아스를 찾아 밀정이 되게 해달라고 매달렸다. 밀정이 되지 못하면 잡일꾼으로라도 써달라고 애원했다. 그토록 벗어나고 싶은 자신의 모습이 누군가의 애타는 희망이란 사실이 마티아스는 믿기지 않았다.

　"밀정이 되고 싶다고? 정신 차려. 그건 사는 게 아니라 짐승이 되어 미쳐 날뛰는 거야. 그렇게 되고 싶어?"

　마티아스가 약재상 뒷방 문을 열었을 때 요셉은 말린 약초를 마른 천으로 닦고 있었다. 어린 소년을 위험한 일에 끌어들이고 싶지 않았지만 시간이 급했다. 유월절이 시시

각각 다가오고 예수 일행은 흔적이 없었다. 예수라는 자의 일행을 찾아야 한다고 말하자 요셉은 환하게 웃었다.

"죽은 나사로를 무덤에서 살려냈다는 선지자 말이죠? 그 사람 소문이 자자하거든요. 물 위를 걸었다고도 하고 셀 수도 없는 병자들을 고쳤다고도 하더군요. 저도 그 사람을 중앙광장에서 본 적이 있어요."

그는 발 빠른 친구 셋 정도를 동원할 수 있다고 덧붙였다. 길 건너 올리브기름 가게 아들과 세탁부의 두 아들이었다.

"좋아. 꼭 그자가 아니라도 상관없어. 그자의 패거리 중 누구라도 보게 되면 내게 달려와."

요셉은 마티아스가 채 말을 맺기도 전에 샌들 끈을 묶고 일어섰다. 소년들은 각각 골목을 할당해 오후 내내 남쪽 시가지를 뒤졌다. 결국 늦은 오후가 되어서야 세탁부의 둘째 아들이 한 골목에서 마태를 발견했다고 알려왔다. 마티아스는 돌아가지 않겠다고 버티는 아이들을 달래 돌려보내고 마태의 뒤를 밟았다.

마태는 중앙 시가지를 가로질러 한산한 예루살렘 남쪽 구역으로 접어들었다. 가이사리아는 물론 시리아와 알렉산드리아, 로마까지 오가는 상인과 무역상 같은 중산층이 모여 사는 소박한 거리였다. 오래전부터 거래에 익숙한 그들은 성직자나 율법사, 서기관보다 개방적이었고 성격도 활달했다.

마태는 다른 집들과 조금 떨어진 한 민가 안으로 사라졌다. 아마도 추종자들 중 하나가 예루살렘에 온 예수와 제자들을 자기 집의 다락방에 머물도록 해준 모양이었다.

마티아스는 골목 모퉁이에 꼼짝 않고 숨어 불 켜진 그 집 다락방을 지켜보았다. 좁은 방 안을 오가는 사내들의 희미한 그림자가 작은 창에 비쳤다. 확실치 않지만 도마와 시몬 같았다. 일몰과 함께 시작되는 유월절 만찬을 위해 모든 패거리가 모여들 것이다. 예수의 모습은 잘 보이지 않았다.

마티아스는 고양이처럼 조심스럽고 잰걸음으로 그늘 속으로 나아갔다. 그는 훌쩍 뛰어올라 담벼락을 타고 지붕 위로 건너갔다. 하늘에는 오려낸 듯 희고 반듯한 달이 떠 있었다. 그는 다락방이 잘 들여다보이는 창틀 아래에 쪼그리고 앉아 방 안을 주시했다.

잠시 후 마리아가 문을 열고 들어와 탁자 위의 촛대에 불을 붙였다. 아른거리는 불빛이 마티아스의 내부를 환하게 밝히는 듯했다. 그녀를 보고 있는 동안에도 마티아스는 그녀에 대한 그리움을 참기 어려웠다.

낮은 테이블 위에는 유월절 음식이 차려져 있었다. 누룩이 들어가지 않은 빵과 포도주가 전부인 조촐한 식탁이었지만 실내는 설렘으로 가득했다. 정성스럽게 차려진 음식들이 허기를 자극했다. 마티아스는 소박한 그 식탁에 둘러앉아 그녀와 함께 유월절 음식을 나누고 싶었다.

성전으로, 시내로 나갔던 제자들이 하나둘 모여들었다. 땀에 젖은 곱슬머리를 쓸어넘기며 바톨로메오가 도착했고 야고보와 유다가 곧 합류했다. 방 안에 들어선 그들은 포옹을 했고 서로의 어깨를 가볍게 움켜쥐었다. 마치 살아 돌아와 다시 만난 것이 감격스런 일이기라도 한 듯. 땀과 먼지가 뒤범벅된 그들의 몸냄새와 서로의 안부를 확인하느라 두런거리는 말소리가 창틈으로 흘러나왔다.

제자들이 모두 모이자 예수는 자리에서 일어나 겉옷을 벗고 허리에 수건을 둘렀다. 그리고 물을 가득 담은 대야를 의자 앞에 가져다놓고 베드로를 불렀다. 베드로는 영문을 모른 채 예수에게 다가갔다. 예수는 말없이 빈 의자를 가리켰다. 베드로는 설마 그래도 될까 하는 어정쩡한 표정으로 의자에 앉았다. 예수는 그의 발목을 내려다보았다. 그의 발은 더러웠고 발목의 상처에서는 진물이 흘렀다. 예수는 그의 두 발을 조심스럽게 잡아 대야에 담갔다. 베드로는 깜짝 놀라 뒤로 물러났다.

"어찌 선생님께서 저의 발을 씻어주려 하십니까? 이건 안 될 일입니다. 절대 선생님께 더러운 발을 씻게 할 수는 없습니다."

베드로가 스승의 손을 부여잡고 도리질을 했다. 예수는 한 손으로 대야의 물을 떠서 베드로의 발에 끼얹었다.

"너를 사랑하기에 너를 씻기려는 것이다. 내가 너를 씻어주지 아니하면 너는 나와 상관없는 사람이 될 것이다."

마티아스는 눈앞에서 일어나는 장면을 바라보면서도 믿을 수 없었다. 그는 의자에 앉아 발을 맡긴 사내와 그 발을 씻기는 사내를 혼동한 것 같아 눈을 비볐다. 잘못 본 것이 아니었다. 수많은 군중이 떠받드는 선지자가 제자의 더러운 발을 씻기고 있었다.

마티아스는 다시 한번 그가 선지자가 아니라고 확신했다. 그가 아는 선지자의 손은 그토록 천한 일에 쓰이는 것이 아니었다. 사무엘의 손은 사울왕과 다윗왕의 머리에 기름을 부었고 모세의 손은 지팡이를 들어 홍해를 갈랐고 예레미야의 손은 예언의 두루마리를 썼다. 그런데 떠돌이 제자들의 더러운 발을 씻기는 선지자의 손이라니. 그런 말은 들어본 적도 없었고 상상해본 적도 없었다. 그는 선지자를 사칭함으로써 선지자의 권위를 땅바닥에 추락시키고 있었다.

예수는 허리에 둘렀던 수건으로 베드로의 흰 발을 꼼꼼히 닦았다. 그리고 더러운 물을 비운 대야에 깨끗한 물을 다시 채우고 도마에게 눈짓했다. 도마의 뒤를 이어 바톨로메오가, 마태가 의자에 앉았다. 그들은 과분하다는 생각조차 잊은 채 더러운 발을 스승에게 내맡겼다. 더러움과 먼지와 상처와 부끄러움이 그들의 발에서 물소리와 함께 씻겨나갔다.

차분하게 찰싹이는 물소리가 마티아스의 가슴을 쓸어내

렸다. 제자들의 두 발을 어루만지는 예수의 손길을 보고 있자니 문득 자기 발을 맡기고 싶다는 생각이 솟구쳤다. 그러면 자신의 피로와 더러움이, 고통과 부끄러움이, 죄와 두려움이 씻겨나갈까? 자신이 아직 사랑받을 수 있으며 사랑할 수 있는 존재임을 확인할 수 있을까? 어쩌면 그럴 수 있을 것 같았다. 아니 반드시 그럴 것이다.

스스로 질문하고 미심쩍어하고 기대 섞인 확신을 하던 마티아스는 흠칫 놀랐다. 그런 어이없는 감정이야말로 그자의 속임수라는 생각이 들었다.

모든 제자들의 발을 씻긴 예수는 다시 겉옷을 걸치며 말했다.

"내가 너희 발을 씻은 뜻은 너희도 나와 같이 서로의 발을 씻어주게 하려 함이다. 내가 너희에게 행한 것같이 너희도 서로에게 행하여라. 너희는 서로 사랑하여라. 내가 너희를 사랑한 것같이 너희도 서로 사랑하여야 한다. 너희가 서로 사랑하면 모든 사람이 너희가 내 제자인 줄 알 것이다."

믿을 수 없는 장면들이 눈앞에서 이어지고 있었다. 그동안 알고 믿어왔던 예수의 면모를 송두리째 배반하는 일들이었다. 마티아스가 아는 예수는 선지자가 되고 싶은 떠돌이, 혹은 선지자인 척하는 사기꾼에 지나지 않았다. 그렇지만 제자들의 발을 씻어주며 서로 사랑하라고 말하는 예수의 모습에는 가식이 없었다. 속임수는 더더욱 아니었다. 비록 떠돌이에다 사기꾼일지 몰라도 그가 제자들에게 살인을 사주할 인간은 아닌 것 같았다.

마티아스는 따뜻한 불빛이 새어나오는 창틀에 기대고 몸을 웅크렸다. 지금까지의 노력이 수포로 돌아갔다는 허탈감과 무력감이 밀려왔다. 싸늘해진 밤바람에 그의 몸은 오그라들 대로 오그라들었다. 몇 날 며칠 동안 생각만 거듭한 탓인지 가만히 있어도 어지럼증이 몰려왔다. 쌓이고 쌓인 피로와 불면이 바닥없는 늪처럼 그를 빨아들였다. 정신을 차리려 안간힘을 썼지만 아래로 처지는 눈꺼풀의 무게를 감당할 수 없었다. 식기가 달각대는 소리와 포도주잔이 부딪치는 소리가 몽롱한 의식 속으로 스며들었다. 어느새 그는 희미한 잠 속으로 끌려 들어가고 있었다.

얕고 불온한 꿈속에서 마티아스는 예수를 만났다. 꿈속에서도 마티아스는 여전히 알 수 없었다. 그가 메시아인지 아닌지, 선지자인지 아닌지. 아니면 살인자인지 아닌지. 만에 하나 그가 살인자가 아니라면 누명을 씌워 결백한 사람을 죽이는 셈이었다. 그렇다고 그에 대한 의심을 거둘 수도 없었다.

이러지도 저러지도 못하는 상황 속에서 마티아스는 그가 예루살렘에서 사라졌으면 하는 생각뿐이었다. 문제의 근원인 그가 눈앞에 없으면 이 진창을 벗어날 수 있을 것 같았다. 그 다음일은 생각하고 싶지 않았다.

"이곳을 떠나 알렉산드리아로 가요. 알렉산드리아는 세상의 모든 지식을 받아들이는 도시라니 당신의 사기도 잘 먹힐 거요. 당신만 사라지면 예루살렘은 아무 일도 없었던 것처럼 조용해질 거요."

마티아스가 말했다. 예수는 아무 데도 가지 않을 거라고 대답했다. 그렇다면 그는 이곳에서 죽겠다는 것인가? 그가 죽기도 전에 제자들은 뿔뿔이 흩어질 것이고 로마인들은 그가 고통스럽게 죽어가는 걸 보며 축배를 들 것이다. 그를 찬양했던 군중들은 사기꾼이 심판을 받았다고 떠들 것이고 열심당은 그의 죽음을 군중을 선동하는 도구로 삼을 것이 분명했다. 연쇄살인의 누명을 쓴 그의 시체는 힌놈 골짜기의 들개들에게 뜯어먹힐 것이다. 그런 개죽음이 무슨 의미가 있다는 말인가?

마티아스는 악을 쓰며 물었다.

"당신은 도대체 어떻게 되기를 원하는 거요?"

"그들이 나를 심판하기를 원한다."

"잘못된 심판이 될지도 몰라요. 당신은 죽게 될 거요."

"나의 죽음으로 그들의 잘못을 심판할 것이다."

마티아스는 비로소 알 것 같았다. 그가 스스로를 죽이려 하고 있다는 것을. 그는 죽어서 무엇을 이루려는 것일까? 수많은 생명을 구하겠다는 자가 어찌 자기 목숨을 버리려 하는 것일까? 자신을 구하지 못하는 선지자가 어떻게 타인을 구원한단 말인가?

마티아스는 천사와 씨름을 벌이는 야곱처럼 온갖 질문들을 붙들고 엎치락뒤치락했다. 불편한 잠 속에서 그는 문득 그런 자신이 가련해졌다. 누군가 자신의 가련함을 알아주었으면 좋겠다는 생각이 들었다.

41

코르비우스는 딱딱한 갑의 끈을 조였다. 철편 안에 덧댄 물소 가죽에서 찌든 땀과 피냄새가 났다. 그는 화려하게 장식한 허리띠를 매고 다리에 철편 정강이받이를 찼다. 그리고 벽감에서 글라디우스를 뽑아 날을 확인했다. 날끝은 날카롭게 손질되어 있었다. 그는 흡족한 표정으로 허리띠 왼쪽에 글라디우스를 차고 마지막으로 붉은 망토를 어깨에 걸쳤다.

집무실을 나온 그는 등을 곧게 세우고 긴 사령부 복도를 따라 걸었다. 복도 오른쪽 끝 외진 방 앞에 다다른 그는 열쇠를 꺼내 문을 열었다. 방 안에는 가운데에 놓인 작은 테이블 외에 다른 가구나 장식이 없었다. 그는 곧장 쪽문을 열고 지하로 이어지는 계단을 내려갔다. 뒤따르는 수하는 없었다.

코르비우스는 횃불 하나를 뽑아 들고 좁고 어두운 통로로 발을 내딛었다. 터널은 점점 좁아지더니 암반 지역을 지날 때는 몸을 구부려야 통과할 정도로 천장이 낮아졌다. 암반 지역을 지나자 다시 터널이 조금씩 넓어지는가 싶더니 어디선가 물소리가 들렸다. 신성한 미트라 신전이 가까워진 것이다. 터널은 기혼 샘이 시작되는 지하 수로로 연결되었다.

잠시 후 샘물이 솟는 수원지에 이른 그는 샘물이 흐르는 반대편 통로를 따라 걸었다. 통로 중간 지점에 이른 그는 좌우를 살핀 후 이끼 낀 돌벽을 밀었다. 벽면이 젖혀지며 검은 통로가 모습을 드러냈다. 메흐라베로 연결되는 돌문이었다.

돌문에서 이어지는 동굴은 미트라를 신봉하는 충직한 군인과 퇴역군인들이 십수 년 동안 땀으로 건설한 성소였다. 미로처럼 복잡하고 은밀한 내부 구조는 소수의 미트라교 고위 계급이 아니면 속속들이 아는 자가 없었다. 그는 발을 굴러 젖은 샌들의 물기를 털어내고 발걸음을 재촉했다. 한참 후 아치형 천장 복도가 이어지고 그 끝에 널찍한 지하 신전이 나타났다. 비릿한 양피지 냄새가 코를 찔렀다.

어른거리는 불빛 너머 예루살렘 메흐라베 관리자이자 사자 계급 성직인 피슈카르가 모습을 드러냈다. 코르비우스는 오랜 친구의 뒷모습을 물끄러미 바라보았다. 피슈카르는 골똘한 표정으로 양피지에 무언가를 필사하고 있었다. 자신의 임무가 신속함과 정확함을 생명으로 한다는 사실을 아는 자의 기계 같은 손놀림. 코르비우스가 다가서자 피슈카르는 철필을 내려놓고 돌아서서 음울하게 내뱉었다.

"메흐르자드!"

코르비우스는 주먹을 쥐었다 펴기를 반복했다. 열일곱 살이던 20년 전 로마군에 입대하기 전에 불렸던 그의 파르티아 이름으로 '태양의 아들'이란 뜻이었다. 그의 아버지는 시리아 지역에서 로마군과 싸웠던 파르티아 전사이자 충직한 미트라 교도였다.

대대로 군인의 피를 이어받은 그는 로마군 내에서 뛰어난 무공을 쌓아갔다. 그는 시리아와 유대 지역의 크고 작은 전투에서 승승장구했고 파르티아 잔당을 궤멸시키는 전투에서 혁혁한 공을 세웠다. 전투가 끝날 때마다 그는 둥근 양각무늬 훈장phalerae과 백금 완장armillae을 받았다. 파르티아 세력이 소탕된 후에는 예루살렘으로 이동해 안토니 요새에서 근무했고 마침내 새로 부임한 빌라도의 부관이 될 수 있었다.

"죽은 나사로가 무덤에서 살아났다는 소문이 순례자의 입에서 입으로 퍼지고 있어. 정보에 의하면 예수가 그를 되살린 것으로 되어 있더군."

코르비우스는 심각한 표정으로 말했다. 피슈카르는 조심

스럽게 이어온 자신의 계획에 반갑지 않은 방해자를 만난 기분이었다.

"자네답지 않군. 그래, 그자가 죽었다가 다시 살아난 것을 자네가 보기라도 했다는 건가?"

피슈카르의 목에서 가래가 갈갈거렸다. 코르비우스는 피슈카르의 눈치를 살피며 갑의 아래에서 양피지를 꺼내 읽어나갔다.

"베다니에 도착한 예수는 나사로의 두 여동생 마르타와 마리아에게 말했다. '나는 부활이요 생명이다. 나를 믿는 자는 죽어도 살 것이다' 두 자매는 울기 시작했다. 그것을 보고 그자는 눈물을 흘리며 동굴로 다가가 입구의 돌을 옮겨놓으라고 말했다. 마르타는 나사로가 죽은 지 나흘이 지나 냄새가 난다고 했다. 그자는 '내 말을 네가 믿으면 하나님의 영광을 보리라 하지 아니하였느냐'라며 하늘을 우러러 기도하고 큰 소리로 '나사로야 나오라'고 불렀다. 그랬더니 얼굴을 수건으로 싸고 손발을 천으로 묶은 나사로가 무덤 밖으로 걸어나왔다. 안토니 요새 사령부에 올라온 정보 보고서 내용이야."

코르비우스는 두루마리 보고서를 말아 겨드랑이에 꼈다. 핏발 선 눈언저리를 파르르 떨며 피슈카르가 소리쳤다.

"죽은 자가 살아난다는 건 군중을 현혹하려는 거짓말이야. 신실한 미트라 교도라면 목수 놈의 교활한 혀에 동요하지 않아."

코르비우스는 가슴속 자존심에서 피가 배어나오는 것 같았다. 위대한 로마군단 예루살렘 주둔 레기온 사령관. 총독 빌라도의 직속부관. 정연한 로마법 집행자인 그도 피슈카르 앞에 서면 작아지는 자신을 느꼈다.

미트라교를 포교할 목적으로 10대의 나이에 적군에 숨어든 그들은 로마군 안에서 우열을 다투며 무공을 쌓아 뛰어난 군인으로 성장했다. 그러나 군 내에서 출세가도를 달린 코르비우스와는 대조적으로 피슈카르는 로마 시민권을 얻을 10년을 채우지 못한 채 군대를 떠났다. 예루살렘에 미트라 신전을 건설하겠다는 야심찬 계획 때문이었다.

한동안 소식을 끊었던 그는 어느 날 코르비우스 앞에 나타나 예루살렘 심장부에 미트라 신전을 건설할 준비가 끝났다고 선언했다. 그 장소는 성전과 안토니 요새에서 그다지 멀지 않은 힌놈 계곡 묘지였다. 그를 따르는 추종자들과 로마군 내 미트라 교도들이 비밀리에 신전 건설에 자원했다.

코르비우스는 진노했다. 예루살렘 한복판에 건설되는 미트라 신전이 알려지면 주민들은 벌집을 쑤신 것처럼 시끄러울 것이었다. 코르비우스는 생각 없이 일을 벌일 것이 아니라 군대로 들어와 함께 로마군 내 포교에 힘쓰자고 그를 설득했다. 피슈카르는 코르비우스의 방식이 온건하며 안일하다고 반박하며 예루살렘은 물론 로마까지 미트라의 영지로 만들겠다는 야망을 꺾지 않았다. 마침내 그는 예루살렘 심장부에 단검을 꽂듯 신전 건설을 완료한 것은 물론 북쪽으로 이어진 기드론 골짜기의 기혼 샘을 통해 성전과 안토니 요새로 가는 비밀통로를 확보했다.

"사람들이 그렇다고 믿는다는 사실이 중요해. 사실이든 아니든 군중들 사이에 그자가 죽은 자를 살려냈다는 소문이 파다하다고."

오랜 친구이자 경쟁자를 향한 코르비우스의 목소리는 격심한 증오를 담고 있었다. 피슈카르가 대꾸했다.

"갈릴리에서 처음 그자의 소문이 들렸을 때 내가 경고했지? 지금 그자를 따르는 자는 무식한 어부와 천한 세리와 몇몇 여자뿐이지만 머지않아 위험한 놈이 될 것이라고. 그냥 두면 추종자가 구름 떼같이 불어나고 그자 이름이 로마에까지 퍼져 미트라의 강력한 경쟁자가 될 거라고 말이야."

코르비우스는 짧은 신음 소리를 낸 후 대답했다.

"속임수로 사람을 현혹하는 거짓 선지자는 널려 있어. 그런 자들을 막무가내로 잡아들일 수는 없는 노릇이야. 잡으려고만 했다면 수십 번도 더 잡아들였겠지만 그자는 여느 사기꾼처럼 잡아들여 매질하고 처형해버리기에는 아까워. 그자가 유대 땅을 휘젓고 돌아다니게 함으로써 존재감을 키울 필요가 있었단 말이야."

"그러는 동안 놈은 자신이 신의 아들이라고 떠벌리고 죽은 자를 살렸다는 거짓말을 했어. 문제는 그 거짓말이 통하고 있다는 사실이야. 유대인뿐 아니라 로마군인에게까지 말이야. 떠돌이 선지자에 불과했던 그자는 이제 가난하고 핍박받는 자들의 구원자가 되었어. 이제 키울 만큼 키웠으니 놈을 어떻게 잡을지 말씀해보시지.”

비아냥대느라 빙긋거릴 때마다 피슈카르의 처진 얼굴은 요동을 치다가 다시 딱딱하게 굳었다. 코르비우스는 노기 띤 피슈카르의 모습에 소름이 돋았다. 한 인간의 내부에 어떻게 그토록 극단적인 증오가 존재할 수 있는지, 증오가 어떻게 그토록 강력한 힘이 될 수 있는지 알 수 없었다. 피슈카르는 모든 사람을 증오했다. 로마인들과 유대인들을 저주했고 시리아인과 이집트인, 동방민족들에게도 적의를 드러냈다. 심지어 자신의 동족인 파르티아인들조차 경멸했다. 그가 사랑하고 숭배하는 단 하나의 대상은 미트라뿐이었다.

“피슈카르. 그자는 이번 유월절에 바칠 가장 성대한 속죄양이 될 거야. 모두가 그자에 대해 이야기하고 궁금해하는 순간, 그자의 존재감이 극대화되는 시점에 만인이 보는 앞에서 처형하는 거야. 그럼 어떤 일이 일어날까?”

코르비우스는 의미심장하게 반문하며 생각을 이어갔다. 이곳은 반역의 피가 흐르는 땅이다. 그 나사렛 놈을 잡아들이면 모든 주민들이 벌떼처럼 일어나고 총독은 어쩔 수 없이 폭동을 진압할 수밖에 없을 것이다. 진압은 강경할수록 좋을 것이다. 그 과정에서 로마군 내 미트라 신도들은 성전을 완전히 파괴하고 랍비들을 몰살시킬 것이다. 진압에 성공하면 미트라 교도들은 귀환하는 총독과 함께 당당한 승리자가 되어 로마로 개선하게 될 것이다.

그는 피슈카르가 자신의 은밀한 계획을 인정할 수밖에 없을 거라는 기대로 들떴다. 하지만 피슈카르는 기대와 달리 싸늘한 비웃음을 돌려주었다.

"자네 방식은 놈을 메시아로 만들어주는 것밖에 안 돼. 놈을 죽이는 동시에 놈에게 영생을 주는 꼴이라고. 놈은 메시아가 되어서도, 로마 압제에서 유대를 구하는 해방자가 되어서도 안 돼. 그자에게 가장 큰 형벌은 역사에서 존재를 지우는 것이라고! 아무도 기억하지 못하는 자, 먼지처럼 사라지는 자, 죽어 마땅한 살인자로 만들어야 해."

코르비우스를 쏘아보는 그의 눈동자는 밤처럼 검었다. 코르비우스가 정색을 하고 말했다.

"들어봐. 놈의 명성을 이용해 주민들을 자극하면 예루살렘은 물론 로마 제국 전체를 미트라 성지로 만들 수 있어."

"대로마군 지휘관이란 자가 허접한 떠돌이 하나를 두려워하는군. 자네가 놈을 두려워하는 이유는 놈의 말에 흔들렸기 때문이야. 난 그자가 두렵지 않아. 왠지 알아? 난 놈의 말을 믿지 않거든."

피슈카르는 음흉한 미소를 지으며 자기 왼손으로 목을 긋는 시늉을 했다.

"자네가 무슨 일을 꾸미든 상관없어. 피슈카르! 하지만 내 일을 방해하지는 마!"

"부탁을 들어줄 수 없어 유감이군. 메흐르자드."

피슈카르의 목소리는 얼음장처럼 차가웠다. 코르비우스는 이제 친구가 아닌 로마군 지휘관으로 돌아갈 때라고 생각했다. 냉철하게 상황을 파악하고 강점을 최대로 발휘하고 약점을 감추며 상대를 위협하고 기만해 굴복시켜야 했다.

"자네 방식은 위험할 뿐 아니라 효과적이지도 않아. 놈을 체포하는 건 로마군이 나설 테니 자네는 빠져."

코르비우스는 갑옷 허리띠를 질끈 동여매며 억양 없는 목소리로 말했다. 숨이 막혔다. 빨리 답답한 어둠 속을 벗어나 신선한 공기를 마시고 싶었다.

42

좁은 다락방에 무거운 침묵과 알지 못할 불안이 감돌았다. 제자들 누구도 먼저 입을 열지 않았다. 충만한 계절의 아름다움과 영광스런 예루살렘 입성 뒤의 만찬치고는 딱딱한 분위기였다. 스승이 호산나를 외치는 군중 앞에서 총독과 수천의 군사를 꾸짖던 선지자이고 유대 왕이며 세상을 구원할 메시아라는 제자들의 믿음에는 의심의 여지가 없었다. 그러나 그 믿음의 결은 모두가 달랐다.

베드로는 두려워하며 믿었고 도마는 의심하면서 믿었다. 바톨로메오는 뭘 모르면서 믿었고 요한은 어린아이다운 순수함으로 믿었다. 명예를 위해 믿는 자도 있었고 두려워하면서 믿는 자도 있었다. 그들의 믿음은 스승을 향한 것이 아니라 그들 내부의 불신을 물리치려는 안간힘이었다.

밀정의 감시를 피해, 바리새인의 비난을 피해 부르튼 발바닥으로 세겜 황무지와 사마리아의 모래바람 속을 헤매던 시절, 그들은 스승이 낡고 병든 것과 로마의 압제를 쓸어버리기를 원했고 스승의 이름이 온 나라의 산과 들에 메아리치는 날을 고대했다. 그러나 스승의 이름이 사람들의 입에 오르내리고 기적의 소문이 퍼져나가자 간절한 바람이 이루어졌다는 기쁨보다 알지 못할 두려움에 사로잡혔다.

예수는 그림처럼 조용한 얼굴들을 돌아보며 탁자 위의 빵을 떼어 베드로에게 내밀었다.

"받아먹어라. 이것이 내 몸이다."

엉겁결에 딱딱한 빵을 받아든 베드로는 울대를 울컥거리며 마른침을 삼켰다. 물끄러미 제자의 얼굴을 내려다보는 예수의 눈에는 불같은 단호함과 소년의 순진함이 공존했다. 베드로는 그 점 때문에 스승을 따랐지만 동시에 그 점 때문에 불안하기도 했다. 실성한 사람처럼 넋을 놓고 있던 도마가 겨우 입을 열었다.

"이 딱딱한 빵이 선생님 몸이라 하셨습니까?"

예수는 고개를 끄덕였다. 제자들은 경악했다. 무언가 잘못되고 있는 것이 분명했다.

불과 나흘 전 예루살렘에 입성했을 때 군중은 호산나를 외치며 스승을 메시아로 받들었다. 제자들 또한 스승이 상인을 내쫓아 성전을 정결하게 하고 하나님 나라를 세울 거라고 굳게 믿었다. 그랬던 스승이 자기 몸을 대신할 딱딱한 빵조각을 떼어주고 있었다. 그렇다면 이 빵은 스승의 죽음을 의미하는 것인가?

도마는 이해할 수도 받아들일 수도 없었다. 다만 스승의 말이 사실이 아니기만 기도했다. 그러나 그 말은 사실이었다. 도마는 스승이 중앙광장에서 총독 일행을 조롱하고 성전 회랑의 난동으로 대제사장과 대적하고 데나리온의 비유를 통해 로마 황제를 적으로 돌리고 바리새인에게 노골적 악감정을 드러내는 것을 똑똑히 지켜보았다.

스승은 부인할지 모르지만 그는 예루살렘에 들어오는 순간부터 대결을 몰고 왔다. 평화를 말했지만 증오와 적의를 불러왔고 급기야 살인과 반역의 누명을 쓰기에 이르렀다. 그는 스승에게 죄가 없다는 사실을 굳게 믿었지만 믿음만으로는 부족했다. 죄가 없다면 죄가 없음을 증명해야 했다.

하지만 어떻게 해야 할지는 알 수 없었다.

"마셔라. 이 포도주는 많은 사람을 위하여 흘리는 내 언약의 피다."

예수가 작은 잔에 따른 포도주를 야고보에게 다시 건넸다. 숨죽인 모든 사람들의 얼굴이, 그들의 낮은 숨소리와 고요한 눈빛이 서로에게 보이지 않는 위험신호를 보내고 있었다. 찰랑거리는 포도주 잔을 바라본 순간 야고보는 그것이 스승의 죽음을 예비하는 최후의 만찬이라는 사실을 분명히 깨달았다. 어떤 논리를 따라 다다른 결론이 아니라 그냥 알게 된 사실이었다.

야고보는 스승을 거역하고 싶었다. 그 잔을 받는 순간 그 자리가 최후의 만찬이라는 막연한 예감이 거역할 수 없는 현실로 변할 것 같았기 때문이다. 그는 결코 스승의 최후를 받아들이지 않으리라고 다짐했다. 그 잔을 받지 않고, 그 포도주를 마시지 않으면 최후의 순간은 오지 않을 것이다. 그럼에도 그는 스승이 내민 잔을 거부할 수 없었다.

야고보의 잔은 안드레, 도마, 요한에게로 이어졌다. 베드로는 이럴 줄 알았다면 무슨 수를 써서라도 스승이 예루살렘으로 오는 것을 막아야 했다는 자책감에 빠졌다. 지금 생각해보면 스승은 예루살렘 행을 결심했을 때부터 죽음을 각오했고 자신의 죽음을 무언가를 위한 도구로 쓰기로 한 것 같았다.

그는 평화를 위해 예루살렘으로 가겠다고 말했다. 그것은 과연 누구를 위한 평화일까? 자신을 따르는 제자와 군중들? 바리새인과 사두개인들? 사마리아인과 로마인들? 부자들? 핍박당하는 자들? 가난한 자와 죄지은 자들? 여인과 아이들? 그들 모두일 수도 있었고 누구도 아닐 수도 있었다. 스승이 그들을 대신해 죽는다고 해도 그들이 평화를 얻을지는 여전히 알 수 없었다.

예수는 말없이 딱딱한 빵을 떼어 입으로 가져갔다. 진흙처럼 무거운 침묵이 그들을 둘러쌌다. 예수는 혼자만의 시간이 필요한 듯했다. 마리아가 자리에서 일어나 남은 빵과 포도주를 들고 아래층으로 내려갔다. 그녀의 뒤를 이어 한 사람, 한 사람이 자리를 떴다.

아래층 중앙 홀에 모인 제자들은 스승의 한마디 한마디를 해석하고 의미를 짐작하며 질문과 대답을 주고받았다. 실내는 금방 소란하다고 느껴질 정도의 열띤 분위기로 달아올랐다. 그러던 어느 순간 요란한 대화가 일시에 멈추었다.

멀지 않은 곳에서 희미한 소리가 들려왔다. 커다란 짐승의 음울한 포효 같기도 하고 몰려오는 파도 소리 같기도 했다. 소리는 빠르게 다가오며 뚜렷해졌다. 적어도 예닐곱 필이상의 사납게 달리는 말발굽 소리였다. 제자들은 겁에 질린 눈으로 창 너머 바깥을 살폈다. 그들의 우려는 저들이 스승을 어떻게 할 것인가보다 자신들을 어떻게 할 것인가

하는 것이었다.

말발굽 소리는 지척까지 다가와 멈추었다. 굉음과 함께 현관문이 부서져나갔다. 어지러운 말발굽 소리와 함께 차가운 바람과 흙냄새가 집 안에 들이쳤다. 가는 발목을 가진 말들은 털이 땀에 젖은 채 가쁜 숨을 몰아쉬었다. 검은 천을 머리에 쓰고 검은 옷을 입은 자들이 말 등 위에서 아래를 내려다보았다. 얼굴에는 기분 나쁘게 비웃는 형상의 가면을 쓰고 있었다. 정체를 정확히 알 수 없지만 성전수비대가 아닌 건 분명했다.

"예수! 예수는 어디 있나?"

사내 하나가 바닥에 채찍을 후려치며 소리쳤다. 제자들은 겁먹은 표정으로 서로를 쳐다보았다. 선생이 있는 곳을 말하면 배신자로 찍힐 것이고 말하지 않으면 저들이 무슨 짓을 저지를지 알 수 없었다. 그때 그들의 귀에 익숙하면서도 낯선 목소리가 들려왔다.

"성스런 유월절 만찬 중입니다. 흙도 털지 않은 말발굽으로 쳐들어와 짓밟을 곳이 아니오."

촛불 빛이 희미한 복도 저쪽에서 흰 옷자락이 드러났다. 흰 머리포를 쓴 막달라의 여인이었다. 베드로는 화를 부르는 그녀의 입을 틀어막고 싶었다. 나서기 좋아하는 건방진 여자가 제자단에 위험을 불러오고 있었다.

채찍이 공기를 가르는 날카로운 소리와 함께 여인의 흰

옷자락이 찢겨나갔다. 단검을 뽑아든 세 명의 사내가 말에서 내려 다락방으로 통하는 계단으로 달려갔다.

마리아는 홀을 가로질러 계단 위로 뛰어올라 사내들을 막아섰다. 그녀는 모든 감정을 초월한 무심한 표정으로 정면을 주시하며 두 팔을 벌렸다. 베드로는 그녀의 손목을 잡아 그곳에서 끌어내야 할까 고민했다. 그녀의 생명을 구하려면 당연히 그래야 했다. 하지만 스승의 안전을 생각한다면 그녀를 말리고 싶지 않았다. 그때서야 베드로는 마리아가 한 행동을 자신이 해야 했다고 자책했다.

사내 하나가 마리아의 팔뚝을 잡아 양탄자에 팽개쳤다. 요한이 달려가 바닥에 머리를 부딪쳐 정신을 잃은 그녀를 안아 일으켰다. 하얀 얼굴에 부드러운 콧날, 턱밑 수염이 보풀처럼 반짝이는 그는 제자들 중 가장 어린 미소년이었다. 가장 어린 제자와 가장 연약한 여인이 위협에 맞서는데도 머뭇거리기만 한 자신의 비겁함을 수제자 베드로는 견딜 수 없었다.

그는 울분과 자괴감으로부터 도피하기 위해 소리를 지르며 사내들에게 달려들었다. 그러나 큼직한 주먹이 그의 얼굴을 강타하는 바람에 곧장 바닥에 패대기쳐졌다. 제자들은 하나같이 스승을 구해야 한다고 생각하면서도 그 자리에 얼어붙어 있었다. 그들이 할 수 있는 일은 안간힘을 다해 무력감을 견디는 것밖에 없었다.

적막을 한순간에 깨뜨린 굉음이 들린 것은 그때였다. 어디선가 찬바람이 들이쳤고 베드로를 때려눕혔던 사내가 벽에 머리를 부딪치더니 숨을 헐떡이며 바닥에 나뒹굴었다. 창밖에서 날아든 몽둥이가 정확하게 그의 정수리를 내려찍은 것이었다. 제자들은 난데없이 창틀을 부수고 나타난 마티아스를 보면서도 한동안 그가 누구인지 알아보지 못했다.

먼저 상황을 알아차린 자는 유다였다. 마티아스의 왼쪽 이마에서 찢어진 상처를 알아본 그는 재빨리 품안에 숨겨둔 시카리를 꺼내들었다. 뒤이어 시몬이 쓰러진 사내가 바닥에 떨어뜨린 칼을 집어올렸다. 다른 제자들도 제각각 무기가 될 만한 도구를 찾느라 주변을 두리번거렸다. 삽시간에 역전된 상황에 사내들은 당황한 티가 역력했다. 수세에 몰린 두 사내가 동시에 칼을 휘두르며 마티아스에게 달려들었다. 칼날이 마티아스의 어깻죽지를 스치며 피가 배어나왔다. 마티아스는 가까스로 몸을 틀며 놈의 이마를 몽둥이로 후려쳤다.

피슈카르는 순식간에 말 위에서 몸을 숙여 마리아의 팔뚝을 낚아챘다. 맞은편에 있던 사내가 마찬가지로 마리아의 반대편 손목을 움켜잡았다. 그녀의 몸은 미처 피할 겨를도 없이 공중으로 떠올랐다. 피슈카르가 말머리를 돌리는 사이 맞은편 사내가 그녀를 안장 뒤에 앉혔다. 피슈카르는 칼을 도로 칼집에 넣었다. 목적은 충분히 달성되었고 일을 크게 만들 필요는 없었다. 사내들이 그를 따라 하나둘 칼을 거두었다.

마리아를 태운 피슈카르는 말탄 사내들을 이끌고 다급하게 멀어졌다. 마티아스는 욱신거리는 어깨를 감싸 쥐고 사력을 다해 질주했지만 그들의 말을 따라잡지 못했다. 그는 칠흑 같은 어둠 속에 털퍼덕 주저앉았다. 어쩌자고 그토록 엄중한 순간에 잠이 들었을까? 얼마나 오래 잠에 빠져 있었던 걸까? 마티아스는 어둠 속에서 머리카락을 쥐어뜯으며 자신을 책망했다.

어렴풋한 말발굽 소리에 눈을 떴을 때 눈앞에서 벌어지던 일은 도무지 믿기지 않았다. 칼과 채찍을 들고 검은 말을 탄 자들이 예수 일행이 머무는 민가로 들이닥치고 있었다. 마티아스는 앞뒤 따질 겨를 없이 집 안으로 뛰어들었다.

그러나 그가 할 수 있는 일은 없었다. 끌려간 마리아를 구하지도 못했고 놈들을 추적하지도 못했다. 그저 몽둥이로 몇몇 괴한을 두들기고 소란을 일으켜 그들을 물러가게 한 것이 다행이라면 다행일 뿐.

자책감에 휩싸인 그의 머릿속에는 어떻게든 마리아를 찾아야 한다는 생각밖에 없었다. 그녀는 무사할 것이다. 무사해야 한다.

난장판이 된 집 안은 침묵 속에 가라앉아 있었다. 제자들은 순식간에 집 안을 쓸고 지나간 소동을 믿지 못했다. 한

참 후에야 정신을 차린 그들은 괴한의 정체에 대해 수군대기 시작했다.

성전수비대일 거라는 빌립보의 추측에 도마는 성전수비대라면 검은 가면을 쓰고 신분을 숨기지 않았을 거라고 반박했다. 베드로는 열심당 당원일지 모른다고 주장했고 유다는 마태가 똥구멍을 핥던 로마 놈들일 거라며 이죽거렸다. 야고보가 소리쳤다.

"그들이 누구였든 어디에서 왔든 그건 중요하지 않아. 어쨌든 스승님께 별일 없이 지나갔으니까 그걸로 다행이야."

제자들은 모두 알았다. 단지 두려움을 견디기 위해 야고보는 무슨 말이든 해야 했다는 것을. 마리아가 잡혀가는 동안에도 잔뜩 겁을 집어먹은 채 떨기만 했던 부끄러움을 잊기 위해 어떤 말이라도 해야 했다는 것을. 야고보가 옳았다. 그들 모두가 지옥 같은 순간을 무사히 넘긴 것에 감사해야 했다. 그러나 마티아스는 달랐다.

"별일 없다고?"

마티아스는 야고보의 멱살을 잡고 말했다.

"마리아가 잡혀가는데도 쥐새끼처럼 떨고만 있다가 이제 와서 다행이라고?"

바톨로메오와 시몬이 마티아스를 뜯어냈다. 야고보가 마티아스의 어깨에 손을 얹었다.

"그녀의 일은 안됐지만 이제 자네 자리로 돌아가. 이곳은 자네 같은 사람이 올 곳이 아니야. 자네 눈엔 겁쟁이들로 보이겠지만 그 정도 완력은 우리에게도 있어."

마티아스는 야고보의 손길을 뿌리쳤다. 그는 왜 위험을 무릅쓰고 이 미련하고 사분오열하는 기회주의자들을 구하고자 했는지 딱히 설명할 길이 없었다. 한참 후에야 그는 겨우 하나의 답을 떠올렸다.

예수는 그렇게 쉽게 죽어서는 안 되는 인물이었다. 살인자들의 우두머리라는 죄상을 밝힐 때까지 그는 살아 있어야 했다. 그렇지 못할 경우 마티아스는 영원히 살인죄를 벗을 수 없고 처형을 피할 수도 없을 것이다.

마티아스는 황급히 돌아섰다. 칼에 베인 어깻죽지가 쓰라렸다. 그러나 이 비겁한 무리에게 약한 모습을 보이고 싶지 않았다. 어깨를 움켜쥔 손가락 사이로 끈적한 것이 묻어나왔다. 몸을 움직이려 했지만 녹초가 된 몸은 의지대로 움직이지 않았다. 문짝이 떨어져나간 문설주가 흐릿하게 보였다. 어지럼증 때문에 그는 두 눈을 억지로 부릅떴다.

마티아스는 자신이 제대로 먹지 못한데다 피로에 찌들었으며 피를 흘리고 탈진했다는 사실을 깨달았다. 무엇이든 먹어서 몸을 추슬러야 했다. 내키지 않았지만 그는 바닥에 나뒹구는 빵조각을 떼어 반쯤 남은 포도주에 적셔 베어 물었다.

마른 빵 껍질에 입천장이 긁혔다. 그래도 그는 억지로 꾹 꾹 씹어 넘겼다. 포도주에 적신 빵조각이 들어가자 몸이 따뜻해지고 기력이 돌아왔다. 주린 배뿐 아니라 헐벗은 영혼에도 따스한 온기가 돌기 시작했다. 비록 초대받지 못한 처지였지만 남은 음식을 통해 그들의 유월절 만찬에 참여한 기분이 들었다.

기력을 되찾자 무슨 일이든 해야 한다는 생각이 들었다. 그러나 무슨 일을 어떻게 해야 할지 알 수 없었다. 테오필로스라면 무슨 일을 해야 할지 알 것이다. 이 일의 실마리를 어디에서 찾아야 하며 어떻게 바로잡아야 할지도. 마티아스는 테오필로스처럼 생각하고 싶었다. 그처럼 냉정하게 상황을 분석하고 합리적인 결론을 도출하고 싶었다.

어두컴컴한 뜰에 자신의 몽둥이에 쓰러진 두 사내가 널브러져 있었다. 제자들이 집 안에 쓰러져 있던 자들을 끌어다 놓은 것 같았다. 검은 겉옷과 두건으로 온몸을 가린 사내들은 검은 가면을 그대로 쓰고 있었다.

마티아스는 그들에게로 다가갔다. 무엇을 어떻게 해야겠다는 복안이나 의도는 없었다. 생각보다 먼저 행동이, 머리보다 먼저 몸이 그를 이끌었다. 그가 할 수 있는 것은 행동뿐이었다. 그는 그중 한 놈의 얼굴에서 가면을 벗기고 겉옷을 벗겨내 걸쳤다.

좁은 뜰 한쪽 구석에 놈들이 타고 온 검은 말 두 마리가 보였다. 급박한 상황에서 쓰러진 동료의 말을 내버려두고 도망친 것 같았다. 주인 잃은 말들은 불안한 눈으로 푸르륵 거리며 잔걸음질로 어둠 속을 오갔다. 마치 먼저 달아난 말들을 따라가고 싶어 하는 것 같았다. 마티아스는 날아오르듯 안장 위로 뛰어올랐다. 마리아에 관한 소문이 사실이든, 마리아가 살인자인 자신을 혐오하든 그녀를 악한들의 손에 맡겨둘 수는 없었다.

말은 달릴 준비를 하고 있던 것처럼 어둠 속으로 뛰쳐나갔다.

43

예수는 어둠 속에 홀로 엎드렸다. 딱딱한 나무의자 위로 모아 쥔 손등에 푸른 힘줄이 솟고 손아귀에는 잔뜩 힘이 들어갔다. 기도 소리는 신음처럼 들렸다. 별빛이 그의 야윈 어깨를 비추었다.

따르는 제자와 군중이 늘어날수록 그의 불안은 커져갔다. 그들은 신의 뜻이 아니라 자신의 뜻을 위해 모인 것처럼 보였다. 어떤 자는 메시아의 명예를 좇았고, 어떤 자는 기적에 감명했으며, 어떤 자는 제자단 공금에 눈독을 들이기도 했다. 바랄 것 없는 이생의 삶 대신 내세의 영광을 기원하는 자도 있었다.

그들 모두가 예수를 믿었지만 각각 자기방식으로 믿었다. 그들은 사랑을 말하면서 질투했다. 용서를 말하면서 분노했고 믿음을 이야기하면서 두려워했다. 그들의 몸은 예수 곁에 머물렀지만 마음은 떠나고 있었다.

문밖의 작은 창 아래에서 유다는 기도하는 스승을 지켜보고 있었다. 바닥에 엎드려 신음하는 스승의 모습은 기도하는 것이 아니라 어디가 아픈 사람처럼 보였다. 유다가 문을 두드리려는 순간 예수는 '아멘'이라고 읊조리고 고개를 들었다. 유다는 어둠 속으로 몸을 숨겼다.

예수는 땀에 젖은 겉옷을 벗어 의자에 걸치고 탈진한 사람처럼 벽에 기대앉았다. 야윈 듯 갸름한 뺨, 여린 갈색 수염, 보일 듯 말 듯한 미소에서 행랑의 장사치를 몰아내고 가판대를 엎던 광기는 찾아볼 수 없었다.

유다는 행랑에서 환호하던 군중들의 열기를 떠올렸다. 그들에게 스승은 기적을 일으키는 분, 죽은 자를 살리는 분, 물을 포도주로 만드는 분, 떡덩이 다섯 개로 5천 명을 먹이는 분, 로마 압제에서 유대를 건져낼 분, 썩은 성전 권위를 무너뜨리고 율법을 깨뜨릴 분이었다.

하지만 유다는 알았다. 그것이 메시아의 모습이라면 스승은 메시아가 아니라는 것을. 그가 아는 스승은 아무것도 할 수 없는 존재라는 것을. 스승은 이 땅에서 로마인을 몰아내고 왕국을 재건할 수도, 하늘나라를 열고 백성들을 구원할 수도 없다는 것을. 스승을 에워쌌던 자는 그를 배반할 것이고 스승을 떠받들던 자는 그를 재판하려 할 것을.

창밖으로 어둠에 덮인 시가지가 보였다. 바람이 작은 모래 알갱이를 실어와 창턱에 부렸다. 비록 열심당 지령을 좇아 접근했지만 유다는 스승과 함께한 시절을 아름답게 기억하고 싶었다. 갈릴리의 티베리아스와 가버나움에서 스승을 따르던 군중들, 스승이 일으키는 이적과 치유의 은사들…….

1년 전 제자단은 안티파스의 영지를 벗어나 에브라임 광야로 정처 없는 피신을 계속했다. 따르던 군중은 하나둘 떠나갔다. 입술이 부르트고 발바닥이 갈라지는 고통 속에서도 제자들은 스승이 곧 로마군을 물리치고 지상 왕국을 세울 것이라 믿었다.

유월절을 앞두고 스승이 예루살렘 행을 결정하자 제자들은 흥분했다. 누구도 대놓고 말하지는 않았지만 스승이 드디어 무언가를 보여줄 거라는 들뜬 기대감이 넘실거렸다. 그러나 유다만은 이번 예루살렘 행이 지금까지와 다를 거라는 불안을 느꼈다. 스승에게 고난이 다가올 것이라는 예감이 어떤 현실보다 또렷하게 실감났다.

가버나움을 출발한 그들은 유대 광야를 가로질러 여리고를 지나 베다니를 거쳐 예루살렘에 도착했다. 밀정이 칼을 품고 기다리는, 군중들이 돌멩이를 들고 쳐 죽이려는 도시에. 유다의 눈에 스승은 죽음을 향해 달려가고 있는 것처럼 보였다. 그러나 억압받고 헐벗은 인간들이 간절히 원한 것은 스승의 죽음이 아니었다.

그들은 사랑이 아닌 빵, 용서가 아닌 편안한 잠자리, 하늘 왕국이 아닌 지상의 부귀를 원했다. 물이 포도주가 되기를, 앉은뱅이가 일어나고 죽은 사람이 살아나는 기적을 원했다. 스승이 영혼의 양식을 이야기할 때 그들은 당장 한 끼의 양식을 원했고, 스승이 영혼의 인도자가 되려 할 때 그들은 한 데나리온의 동전을 구했다. 그런 존재가 스승이 목숨까지 버려가며 건져내려는 인간들이었다.

유다는 알았다. 메시아는 민중의 염원이 스승에게 붙인 이름일 뿐이며 그는 아무도 모르게 죽음을 준비하고 있다는 것을. 스승의 결심은 흔들리지 않을 것이고 홀로 잡혀 고통받다가 죽을 것임을. 이렇게 될 줄 알았다면 처음부터 그를 만나지 말았어야 했던 것일까?

유다는 자신이 스승의 고뇌를 이해하는 유일한 제자라고 자부하면서도 자신의 마음을 유리알처럼 들여다보는 스승의 눈이 두려웠다. 스스로를 두려움에서 보호하기 위해 그는 품안의 단도를 뽑았다. 별빛이 예리한 은빛 칼날을 타고 흘렀다.

그는 칼자루가 땀 찬 손바닥에서 미끄러지지 않도록 단단히 움켜쥐고 당 지도부의 지령을 되새겼다. 열심당의 계획은 단순히 지도자로서의 예수를 용도 폐기하는 것이 아니라 순교자로 만드는 것이었다. 그를 로마군의 희생자로 만들어 로마인을 몰아내자고 군중을 선동해 예루살렘을 혼란에 빠트리려는 것이었다.

낡은 창 너머 어둠 속에 웅크린 스승의 뒷모습이 보였다. 그 순간 그들 사이의 어떤 것이 완전히 단절되고 있었다. 유다는 다시 스승의 곁으로 돌아올 수 없으며 그래서도 안 된다는 사실을 뼛속 깊이 새겼다.

유다는 시카리를 품안으로 거두고 창가에서 물러나 달리기 시작했다. 마른 흙길과 자갈길과 포장길을 달리는 동안 이마에 열이 오르고 등에 땀이 배었다. 심장이 튀어나올 것처럼 숨이 차고 귀에서 이명이 울렸다. 성전을 마주 보는 언덕에 다다른 유다는 잠시 벽을 짚고 구토를 했다.

반듯하게 조성된 길가에 고급 주택이 줄지어 서 있었다. 발아래 펼쳐진 도시는 숨을 쉬고 있는 것 같았다. 유다는 텅 빈 자신의 내면을 향해 침묵으로 소리쳤다. 이스가리옷 유다, 넌 그분을 배신하려 하고 있어! 스승의 등에 칼을 꽂으려 하고 있어.

유다는 고개를 가로저었다. 아니야. 먼저 배신한 사람은 내가 아니라 그분이었어. 그가 먼저 우리를 버렸어. 스스로 죽어서 메시아가 되기 위해 우리 모두를 버린 거야!

흰 대리석으로 외벽을 장식한 저택이 보였다. 물결 문양의 단조 철문 너머 무화과 가지가 드리워져 있었다. 넓은 테라스가 조성된 안뜰에는 연못과 정원이 조화롭게 펼쳐졌다. 장미 넝쿨이 담을 타고 올랐고 늘어선 열주에 걸린 깃발이 미풍에 나부꼈다. 열린 창문마다 은은한 불빛이 퍼져 나왔다.

유다는 자신이 어떻게 이 저택 앞에 와 있는지 알 수 없었다. 이곳까지 오는 동안 얼마나 울퉁불퉁한 길을 달려왔는지, 얼마나 숨이 막혔는지, 얼마나 강렬하게 이곳이 아닌 다른 곳으로 달아나자고 다짐했는지, 그 다짐이 얼마나 맥없이 허물어졌는지 기억나지 않았다. 그는 기억하고 싶지 않았다.

그는 창밖으로 새어나오는 불빛에 이끌리듯 저택 문 안으로 들어섰다.

44

마리아는 눈꺼풀을 힘겹게 벌리고 두 눈을 떴다. 맨 먼저 든 생각은 어둡다는 것이었다. 이어서 머리가 빠개질 듯 아팠다. 무언가에 강한 충격을 받았다는 것을 알 수 있었다. 그녀는 땀과 오물이 말라붙어 끈적이는 머리카락을 쓸어올렸다.

어둠이 거대한 공포의 덩어리가 되어 그녀를 압박했다. 사방에서 축축한 흙냄새가 났다. 어둠과 습기와 곰팡이 냄새가 한꺼번에 몰려왔다. 꽉 조여 맨 탓에 피가 통하지 않는 손목이 저렸다. 말에서 떨어지며 삐끗한 발목이 시큰거렸다.

마리아는 자신을 이곳에 끌고 온 자를 보게 될까 두려웠다. 지난 5일 동안 예루살렘을 공포로 몰아넣은 자, 나흘 동안 네 가지 방식으로 네 명을 살해한 자. 어떻게든 그곳을 빠져나가야 한다는 생각에 마리아는 젖은 바닥을 더듬어 벽으로 다가갔다.

그때 어둠 속에서 푸른 불꽃이 튀었다. 희미한 빛 속에서 무언가가 꿈틀거렸다. 어둑한 형체는 점점 뚜렷한 모습을 갖추었다. 번들거리는 머리통, 창백한 피부, 돌출한 눈두덩 뼈, 튀어나올 듯 부라린 눈, 광야의 고행자처럼 야윈 뺨……

기도실에서 나온 피슈카르는 들고 있던 촛불을 탁자 위에 놓았다. 등에 땀이 흥건하도록 간절히 기도했지만 분노는 가라앉지 않았다. 피슈카르는 난데없이 뛰어든 밀정 마티아스를 원망하지 않기로 했다. 그는 자기 일을 했을 뿐이니까.

희미한 촛불 빛에 방 안의 전경이 차츰 눈에 들어왔다. 중앙 탁자 위에는 우윳빛 가죽이 반듯하게 펼쳐져 있었다.

옆에는 큰 물통 서너 개와 긴 막대, 나무망치를 비롯한 도구함이 보였고 벽 아래의 나무궤짝에는 질 좋은 양피지가 차곡차곡 쌓여 있었다. 사내의 얼굴에는 비웃음이 서려 있었고 두 눈은 어둠처럼 검었다. 사내가 낮고 음산한 목소리를 냈다.

"걱정할 것 없다. 이곳은 신의 품속에서도 가장 깊고 안온한 곳이니까…… 너 같은 죄인은 발을 들이는 것만으로도 영광이지."

사내의 얼굴과 몸의 윤곽이 어둠에 희미하게 뭉그러졌다. 마리아는 숯불처럼 붉은 빛을 내뿜는 사내의 냉혹한 두 눈을 노려보았다. 두려움의 실체를 확인하자 뒤죽박죽이던 머릿속이 차츰 가라앉았다. 그녀는 남아 있는 온 힘을 짜내 말했다.

"그래서? 당신에게 감사라도 해야 하나?"

"그럴 것까진 없어. 이곳으로 온 것은 네가 스스로 택한 일이니까. 너의 죄가 너를 이곳으로 부른 거야."

마리아는 반박하지 못했다. 세상이 손가락질하는 죄를 범한 것이 사실이니까. 지금껏 그녀는 죄를 고백할 수 있을 때까지 고백하고 용서를 구해 기도할 수 있을 때까지 기도했다. 그녀는 신의 용서를 받았다고 믿게 되었지만 스스로를 용서하지는 못했다. 나는 과연 구원받았을까? 구원받았다는 것을 무엇으로 증명할 수 있을까? 진정 구원받았다면 왜 이렇게 참혹한 일을 당해야 하는 걸까? 마리아는 뒤로 묶인 손을 마주잡고 기도하는 심정으로 말했다.

"난 죄 많은 여인이지만 용서받았어. 하지만 선생님을 따른 것이 죄라면 기꺼이 죄인이 되겠어."

피슈카르의 눈은 불이 켜진 듯 번들거렸다.

"용서? 누구에게? 떠돌이 마술사? 거짓된 사기꾼? 아무래도 상관없어. 놈의 거짓말에 물든 네 가죽을 라임과 석회를 푼 물에 담가 깨끗하게 만들어줄 테니까. 그리고 거기에 거룩한 미트라 계율을 새겨 죄인의 육체가 전하는 경고를 후세에 남길 거야. 살아 있는 동안 네 몸이 지은 죄를 죽은 네 몸이 영원히 속죄하게 되겠지."

갈라지는 쇳소리에 그녀의 몸은 얼음처럼 식었다. 단순히 겁을 주는 것이 아니었다. 그자에게는 그럴 수 있는 능력이 있었고 그럴 의지도 있어 보였다. 지하 공간을 채운 비린내와 쌓아놓은 가죽, 무두질 공구들…….

갑자기 타는 듯 목이 말랐고 윗니와 아랫니가 부딪쳐 덜 걱거렸다. 두려움은 이내 증오로, 다시 체념으로 바뀌었다. 그녀는 벽에 등을 기대고 반듯이 섰다. 그녀는 더 이상 두려워하지도 미워하지도 않을 준비가 되었다. 자신의 마음이 돌벽만큼이나 굳건해졌다고 확신했다. 그녀는 두 눈을 감았다.

억센 손아귀가 그녀의 머리채를 휘어잡았다. 그녀는 자

신의 몸이 공중으로 들리는 것을 느꼈다. 숨이 막히고 눈앞이 어둑어둑해졌다. 고통 때문에 비명조차 지를 수 없었다. 굴복하지 않기 위해, 정신을 잃지 않기 위해 그녀는 안간힘을 썼다.

피슈카르는 공중에서 허둥대다 맥이 빠진 그녀를 바닥에 팽개쳤다. 예수의 허황된 거짓말이 나약한 여자를 어떻게 타락시켰는지 알 것 같았다. 이 여자의 태도는 지난 나흘 동안 그가 죽였던 자들과 다름없었다. 그들의 눈빛은 죽음의 공포 앞에서도 흔들림이 없었다. 두려움은 그들의 믿음을 흔들기는커녕 더욱 강하게 만들 뿐이었다.

피슈카르는 미트라의 광명을 해칠 예수의 말에 두려움을 느꼈다. 놈이 거부하고 저항한 것은 유대교와 로마황제뿐 만이 아니었다. 놈의 최종목표는 로마군인은 물론 그 가족과 원로원 의원까지 광범위하게 믿는 미트라교였다. 놈은 미트라를 대신할 새로운 신을 자처했고, 독실한 미트라교도인 로마군인들이 놈의 목소리에 현혹되고 있었다. 티투스 같은 백인대장이 그의 거짓에 넘어갔고 배교하는 십인대장도 늘고 있었다. 놈의 불길한 사상은 더 많은 군인을 홀릴 것이고 교활한 설교는 신실한 교도들을 물들일 것이었다. 충직한 사제들이 힘겹게 확장시킨 미트라의 교세가 한순간에 위태로워질 것을 생각하자 그는 머리가 지끈거렸다.

코르비우스는 예수가 모든 군중 앞에서 공개적으로, 고

통스럽게 죽어야 한다고 주장했다. 그러나 피슈카르는 죽음을 넘어 그의 흔적조차 말살하고 싶었다.

놈은 그냥 죽어서는 안 된다. 대중들의 기억 속에서 그를 사라지게 만들어야 한다. 기억할 가치조차 없는 존재여야 한다. 그의 흔적을 완전히 사라지게 하는 죽음이어야 한다. 처음부터 존재하지조차 않았던 것처럼. 그러려면 놈을 메시아가 아닌 살인자로 만들어야 한다.

그 목적에 따라 피슈카르는 죄인들을 선정하고 징벌방식을 결정해 처단함으로써 예수에게 의심이 쏠리도록 설계했다. 이 계집 또한 마찬가지였다. 외부인의 눈에 잘 띄지 않지만 패거리의 핵심적인 역할을 하는 중심 인물이었다. 아이들과 여자들을 예수에게 이끄는 것은 물론 패거리의 크고 작은 잡일까지 도맡아 온 것이다.

계획이 완성되어가고 있다는 사실에 피슈카르는 흥분했다. 놈의 패거리는 어떻게든 계집을 찾아 이곳으로 올 것이다. 낙오한 말이 놈들을 이곳으로 인도할 것이다. 싸움이라고는 모르는 어부와 놈팡이들은 정예 로마군 출신의 미트라 전사들을 감당하지 못할 것이 뻔했다. 겁에 질린 놈들을 족치면 그들의 입에서 필요한 말을 끌어낼 수 있을 것이다. 다른 누구도 아닌 놈의 제자들이 자기 스승을 부정하고 살인자임을 증명하게 만드는 것이다. 어쨌든 오늘 밤은 꽤 바빠질 것이다.

45

마티아스를 태운 말은 조용하고 빠르게 감람산을 지났다. 골짜기 건너 돌벽과 보루의 횃불이 성전 그림자의 윤곽을 따라 타올랐다. 소리를 죽인 말발굽, 검은 옷과 검은 가면, 전광석화 같은 칼솜씨⋯⋯.

놈들의 행색은 네 건의 현장에서 목격된 악령의 군대와 정확히 일치했다. 그렇다면 마리아가 놈들이 지목한 에테르의 희생자일까?

피살자들은 하나같이 예수에게 은사를 받거나 그가 일으킨 기적을 목격했다. 일곱 가지 귀신에 씌었다고 손가락질받던 마리아 또한 예수를 통해 치유받았다고 말했다. 뿐만 아니라 그녀는 예수와 가장 가까운 곳에서 그의 기적을 목격하고 증언했다. 살인자의 기준을 따른다면 가장 무거운 징벌이 필요한 대상이었다.

만약 놈들이 마리아를 해친다면 그곳이 어디일까? 한 가지는 분명했다. 그곳이 어디든 아치구조 건축물이 있을 것이다. 헬레나가 그랬고, 야이로의 딸이 그랬고, 벤자민이 그랬고, 티투스가 그랬던 것처럼⋯⋯.

하지만 예루살렘은 너무도 넓다. 골목마다 아치형 행랑이 이어지고 건물마다 궁륭천장과 아치 문틀이 널려 있다. 도대체 어디에 있는 어떤 아치란 말인가? 마티아스는 차라리 생각을 멈추고 자신의 불길한 추측이 틀리기를 기도했다.

어느덧 말은 거친 숨소리를 내기 시작했다. 주둥이 가에 늘어진 거품이 바람에 날렸다. 말은 방향을 바꾸더니 성전 반대편 샛길로 접어들었다. 고삐를 잡아챘지만 멈추지 않았다. 마티아스는 통제할 수 없는 속도를 간신히 제어하며 중심을 잡았다.

말은 속도를 줄이지 않았지만 막무가내로 달리는 것 같지는 않았다. 익숙한 듯 길인 것처럼 망설임없이 자신있게 달리는 것을 보면 본능에 따라 특정한 목적지로 가는 중이었다. 녀석이 어디로 향하든 마리아를 끌고 간 놈들과 관련 있을 것이다. 이 넓은 예루살렘 어디에 마리아가 있는지 모르지만 이 녀석 등짝에만 붙어 있으면 놈들의 소굴로 갈 수 있을 것이다.

달은 자취를 감추었고 여린 별빛은 희미했다. 말은 산기슭을 돌아 어둠 속을 달렸다. 기혼 샘 수원지에서 시작되는 지하 수로 입구였다. 녀석은 반쯤 열린 돌문으로 들어가더니 숨을 몰아쉬며 나아갔다. 수로 안은 자기 코끝조차 보이지 않을 정도로 어두웠다. 그 어둠 속 어딘가에 마리아가 있으리라는 사실이 점점 분명해지고 있었다.

마티아스가 고삐를 다잡는 순간 거대한 돌문이 우르릉거리며 미끄러졌다. 열린 돌 틈으로 희미한 빛줄기가 새어나왔다. 누가 돌문을 조종하는 것일까? 말은 익숙한 듯 빛

속으로 들어섰다. 마티아스는 격하게 뛰는 심장을 진정시키며 말 등에 달라붙었다. 갑작스런 빛 때문에 잠시 후에야 사물의 윤곽이 어렴풋이 드러났다. 덩치 큰 사내 하나가 태연하게 다가와 말 목을 쓰다듬었다.

"요나! 이 말썽꾸러기 녀석! 다른 애들은 벌써 돌아왔는데 농땡이를 피웠구나."

말은 고개를 숙인 채 사내의 손길을 즐기는 것 같았다. 말과 눈을 맞추던 사내는 정색을 하더니 마티아스를 올려보았다. 바짝 긴장한 탓인지 등자를 디딘 발에 힘이 들어갔다. 몸을 날려 놈을 덮쳐야 할까? 그러나 사내의 입에서 나온 말은 뜻밖이었다.

"일이 잘못된 줄 알고 보고할 참이었소. 기마행렬에서 낙오한 데 대한 변명은 미리 준비해야 할 거요."

가면과 두건을 쓴 마티아스를 자객단 일원으로 착각한 사내가 핀잔을 주었다. 마티아스는 사내가 건네주는 횃불을 태연히 받아들고 고삐를 챘다. 등 뒤에서 돌문이 닫히는 둔중한 소리가 들렸다.

한쪽 수로는 성전 방향으로 나 있었지만 돌문이 열려 있는 다른 길에는 물이 흐르지 않았다. 말은 돌문을 지나 마른 길로 올라섰다. 그 길은 성전 지하가 아니라 다른 목적지를 향하고 있었다. 그렇다면 에제키엘의 수로는 하나가 아니었다는 말인가?

터널은 점점 넓어졌다. 마티아스는 두건 깃을 더욱 깊게 드리워 얼굴을 가렸다. 말은 익숙한 길인 듯 모퉁이를 지나 막다른 통로에서 멈추었다. 졸린 눈을 한 사내가 나무문을 밀고 나왔다. 말의 오물 냄새와 들큰한 건초 냄새가 동시에 코를 찔렀다. 아마 마구간을 찾아온 것 같았다. 마티아스는 가면을 바짝 당겨 썼다. 마구간지기인 듯한 사내는 말고삐를 받아 쥐며 눈웃음을 흘렸다.

"늦었지만 돌아왔으니 다행이군. 예배 중이니 빨리 들어가. 계집은 작업장에 간수해두었으니 걱정 말고."

사내는 고갯짓으로 오른쪽 통로를 가리켰다. 마티아스는 사내가 가리킨 통로로 향했다. 수많은 아치 기둥과 통로가 미로처럼 이어져 있었다. 손금처럼 환하게 안다고 자부했던 예루살렘 중심부에 거대한 지하 신전이 존재한다는 충격에 눈앞이 어질어질했다.

통로를 지나자 어디선가 음울한 목소리가 들려왔다. 토라를 암송하는 소리와 닮았지만 다른 음조였다. 통로 끝에 둥근 아치 천장으로 이루어진 넓은 공간이 보였다. 검은 옷을 입고 두건과 가면으로 얼굴을 가린 스무 명 남짓이 침침한 어둠 속에 웅크리고 있었다.

"언약과 약속의 수호자, 악과 거짓을 멸하는 심판자 미트라의 영광을 찬양하라!"

무리 앞의 남자 서넛이 알아들을 수 없는 주문을 외웠다.

음울한 목소리가 넓은 지하공간에 반향되었다. 돌을 깎아 만든 어두침침한 단상 위에 사자 형상의 가면을 쓴 사내가 서 있었다.

"주지하는 바와 같이 나사렛 사내의 목표는 제사장도 로마황제도 아니오. 그의 가르침이 로마군인을 비롯한 로마 일원에 확산될 때 가장 타격을 입는 건 미트라교가 될 것이오. 더 이상 미룰 수 없소. 그를 따르는 추종자의 가죽을 벗겨 미트라 계율을 새긴 두루마리를 제작했으니 숭고한 과업도 곧 완성될 것이오."

사내는 두루마리 네 장을 들어 보이며 소리쳤다. 헬레나와 야이로의 딸과 벤자민과 티투스의 등가죽일 것이다. 마티아스는 휘청거리는 다리에 힘을 주고 발길을 옮겼다. 마구간지기가 말해준 작업장 문짝을 밀자 양쪽에서 사내 둘이 반사적으로 벌떡 일어났다. 마티아스가 쓴 검은 가면을 확인한 그들은 뒤로 물러섰다.

통로 끝에 창살로 가로막힌 세 개의 방이 있었다. 방들은 비어 있었다. 마리아는 보이지 않았다. 큰 자물쇠가 채워진 나무문이 보였다. 마티아스는 뒤따라온 두 사내에게 문을 열라고 명령했다. 그들은 열 수 없다며 버텼다.

마티아스는 돌아서서 앞선 사내의 얼굴을 이마로 힘껏 받은 후 다른 사내의 멱살을 비틀었다. 갑작스런 공격에 사내들은 싱겁게 나가떨어졌다. 마티아스는 그중 한 사내의

허리띠를 끌러 그들의 손을 뒤로 묶고 또 다른 사내의 허리
띠로 재갈을 물렸다. 문에 걸린 자물쇠는 튼튼해 보였다.

마티아스는 사내의 허리춤에서 열쇠를 뜯어내 열쇠 구멍
에 꽂았다. 경쾌한 소리를 내며 자물쇠가 풀렸다. 방 한가운
데 놓인 작업대를 돌아 구석으로 다가가자 은은한 나아드
향유의 향기가 풍겼다.

마티아스는 벽걸이에서 횃대를 뽑아 높이 쳐들었다. 둥
근 벽을 따라 계단이 이어졌다. 바닥에는 비릿한 가죽 냄새
와 습기가 감돌았다. 마티아스는 향유 냄새를 따라 어둠 속
을 나아갔다.

그곳에 그녀가 있었다. 헝클어진 머리카락과 메마른 입술,
초점을 잃은 눈동자, 어둠과 공포에 넋이 나간 표정⋯⋯.

그녀가 살아 있다는 안도감과 그녀를 그렇게 만든 자들
에 대한 분노로 마티아스의 가슴은 끓어올랐다. 마티아스
가 다가가자 그녀의 눈동자는 공포로 가득 찼다. 마티아스
는 쓰고 있던 가면을 들어 얼굴을 보여주었다. 땀투성이가
된 가면 속 마티아스의 얼굴을 확인한 그녀는 안도의 표정
을 지었다. 마티아스는 다급하게 마리아의 결박을 풀었다.
밧줄에 옥죄인 그녀의 손목은 붉게 부풀어 있었다.

"서둘러요. 이곳에서 나가야 해요."

마티아스는 마리아의 손목을 조심스럽게 잡았다. 그녀는
순순히 손목을 내맡겼다. 마티아스가 정신없이 방문을 나

서려 할 때 그녀는 발길을 멈추었다. 그러더니 포박된 사내 중 한 명의 두건을 벗겨 쓰고 검은 겉옷도 걸쳤다.

좁은 통로를 달려서 그들이 도착했을 때 마구간은 쥐 죽은 듯 조용했다. 마방에는 즉각 출동을 위해 안장을 얹은 말 여섯 필이 대기하고 있었다. 마구간지기는 침을 흘리며 꾸벅꾸벅 졸고 있었다. 마티아스는 조심스럽게 두 마리의 고삐를 쥐고 마사를 빠져나왔다. 잘 훈련된 말은 마른 솜 위를 걷는 것처럼 조용히 따라왔다.

마사 밖에 다다른 마티아스는 마리아에게 고삐를 넘겼다. 그 순간 서둘러 안장에 오르려던 그녀의 발이 등자에서 미끄러지며 중심을 잃었다. 놀란 말이 사납게 앞발을 쳐들었다. 고삐를 잡아채 간신히 중심을 잡는 사이 그녀의 두건이 흘러내려 갈색 머리카락이 어깨로 쏟아졌다.

소란에 눈을 뜬 마구간지기의 얼굴이 납빛으로 굳었다. 마티아스는 어리둥절한 사내의 얼굴에 주먹을 날렸다. 마구간지기는 필사적으로 달려들었다. 마티아스는 몸을 피하며 주먹으로 그의 복부를 가격했다. 사내가 꼬꾸라지는 것을 확인한 그는 훌쩍 몸을 날려 말 등에 올랐다. 채찍으로 두 마리의 볼기짝을 번갈아 후려치자 긴박한 출동에 익숙한 말들이 달음박질쳤다.

말발굽 소리가 궁륭 천장에 부딪쳐 웅웅 울렸다. 갈림길과 모퉁이가 눈앞으로 획획 지나갔다. 동서남북을 파악할 수 없었다. 추적자의 말발굽소리가 등 뒤로 바짝 따라 붙었다. 그들은 미로처럼 복잡한 지하 통로의 구조를 손금처럼 환하게 아는 것 같았다. 겨우 따돌렸다고 안도하는 순간 다른 모퉁이의 갈림길에서 올가미를 조이듯 쫓아왔다.

마티아스는 말 엉덩이에 사정없이 채찍을 갈기며 어두운 이 지하통로가 영원히 이어져 있기를 소원했다. 이렇게 마리아와 나란히 말을 달릴 수 있다면, 언제까지나 앞서거나 뒤처지지 않고 함께 앞을 바라보며 달려나갈 수 있다면…… 그럴 수만 있다면 마리아가 자신을 사랑하도록 만들 수 있을 것 같았다. 서로 노력한다면 함께 행복해질 수도 있을 것 같았다. 그러나 그것은 불가능한 일이었다. 노력의 문제는 어떻게 되겠지만 시간의 문제는 해결책이 없었다.

기진맥진한 말의 날숨에 쇳소리가 섞여 나왔다. 마티아스는 자신이 미로에 갇힌 쥐새끼 같다고 생각했다. 그러나 도망치는 것은 그가 잘하는 유일한 행위였다. 지금껏 그는 적을 피해 도망치고, 지독한 운명을 피해 도망치고, 목을 옥죄는 죽음의 형벌을 피해 도망쳐오지 않았던가.

저만치 바위 문 입구 벽에 걸린 횃불이 보였다. 지하 신전 입구 반대편으로 나 있는 출구인 듯싶었다. 추적자들은 더욱 빠른 속도로 따라붙었다. 마티아스는 말 잔등에 박차를 박으며 입구의 감시자들을 향해 문을 열라고 고함쳤다. 긴급 출동으로 알아들은 두 명의 감시자들이 다급하게 수레바퀴 활대에 연결된 지렛대를 밀었다. 도르래가 감기며 육중한 돌문이 천천히 움직이기 시작했다. 돌문 사이로 신선한 바깥바람이 밀려들어왔다.

"문을 닫아라! 놈을 막아!"

다급한 추적자들의 고함 소리에 놀란 감시자들이 이번에는 지렛대를 반대로 당겼다. 반쯤 열리던 돌문이 스르르 닫히기 시작했다. 추적자들의 말발굽 소리는 귓전까지 다가왔다. 마티아스는 마리아가 탄 말 엉덩이에 채찍을 후려쳤다. 말은 미친 듯이 돌문을 향해 질주했다. 어둠의 덩어리가 재빠르게 물러나고 또 다른 어둠이 밀려왔다.

두 명의 추적자가 바로 뒤로 따라붙었다. 마티아스는 안장에서 몸을 돌려 다가오는 두 사내를 한꺼번에 덮치며 말에서 뛰어내렸다. 사내들과 한 덩어리가 되어 바닥을 뒹구는데 몸 안에서 으드득 하는 소리가 났다. 갈비뼈가 부러진 것 같았다.

마리아의 말이 돌문 앞에서 급하게 멈춰 섰다. 문을 닫으려던 감시자들이 말을 향해 달려들었다. 마티아스는 채찍으로 사정없이 그들을 후려쳤다. 그러고는 마리아의 말 고삐를 잡고 거의 닫힌 문틈으로 다가가 뒷걸음질 치는 말 엉덩이에 채찍질을 했다. 겁먹은 말은 몇 번 망설이더니 속도를 내어 천천히 닫히는 좁은 문틈으로 아슬아슬하게 빠져나갔다.

"마티아스. 마티아스."

마리아가 자신을 부르는 소리가 점점 작아졌다.

마티아스는 온몸의 힘을 짜내 육중한 지렛대를 들어올렸다. 활대가 천천히 회전하며 돌문이 스르르 닫혔다. 마침내 돌문이 거의 닫혔을 때 마티아스는 지렛대를 뽑아 문틈 밖으로 멀리 내던졌다.

굳게 닫힌 돌문에 기대어 가면을 벗어던진 그는 미친 사람처럼 웃어댔다. 도망갈 곳도 도망갈 필요도 없었다. 누구도 닫힌 돌문을 다시 열지 못할 것이다. 지렛대는 문밖에 있으니까.

각각 다른 형상을 한 검은 가면을 쓴 다섯 명의 사내들이 말을 몰아 다가왔다. 마티아스는 등을 기댄 돌문에서 스르르 미끄러져 내렸다. 맨 앞에서 사내들을 이끈 피슈카르는 뒤따르던 사내들을 향해 마리아를 쫓으라는 손짓을 했다. 세 명의 사내들이 다른 출구로 통하는 지하 통로를 향해 말머리를 돌렸다.

마티아스는 후들거리는 다리에 힘을 주어 겨우 버티어 섰다. 마리아는 무사히 놈들을 따돌릴 것이다. 영리한 마태와 수완 좋은 도마, 힘센 시몬과 베드로가 있으니까. 무엇보다 예수가 있으니까. 그는 자기 자신을 구하지는 못하지만 세상 모든 인간을 구해낸다고 떠들고 다녔으니까.

남은 두 명의 사내 중 뒤쪽에 있던 검은 가면이 안장에

꽂혀 있던 채찍을 뽑아 휘두르며 말을 몰아 다가왔다. 마티아스는 퉁퉁 부은 두 눈을 억지로 뜨고 검은 가면을, 그 안의 검은 눈 구멍을 노려보았다. 마리아를 무사히 도피시켰다는 안도감, 놈들을 낭패에 빠뜨렸다는 통쾌함에 웃음이 나왔다.

허공을 휘돈 채찍이 공기를 가르고 마티아스의 어깨로 날아들었다. 날카로운 철편이 어깨 살점을 뜯어냈다. 고통이 뼛속까지 파고들었다. 하지만 마티아스는 암벽에 기대어 서서 낄낄대는 웃음을 그치지 않았다.

피슈카르는 짜증스런 손짓으로 채찍잡이를 제지했다. 마티아스의 등가죽이 상하지 않기를 바랐기 때문이었다. 채찍잡이가 움찔하는 순간 마티아스는 날아온 채찍 끝을 움켜잡았다. 중심을 잃은 채찍잡이가 말에서 뛰어내리더니 허리춤에서 단검을 뽑아 들고 달려들었다. 마티아스가 몸을 굴려 피하자 사내가 휘두른 칼날이 바위에 부딪쳐 불꽃을 튀겼다. 마티아스는 주춤하는 놈의 칼자루를 쥔 손목을 움켜쥐었다. 바위벽을 등진 불리한 위치인데다 놈의 완력이 만만치 않았다. 놈의 손목을 움켜쥔 두 손이 부들부들 떨렸다. 놈의 칼날이 얼굴을 향해 서서히 다가왔다.

마티아스는 몸을 바닥으로 굴리며 놈의 손목을 비틀어 찔렀다. 살기로 번들거리던 놈의 눈이 풀어지더니 마티아스의 몸 위로 엎어졌다. 칼날이 박힌 놈의 가슴에서 끈적한 피가 솟구쳤다. 마티아스는 놈의 상체를 밀어젖히고 일어나 가슴에 꽂힌 칼을 집어들었다.

"마티아스! 이 어리석은 놈. 네가 왜 여길 와? 그 말들은 예수의 제자들을 유인하기 위해 남겨두었단 말이다. 하지만 누구라도 상관은 없어. 어차피 심판을 피할 순 없으니까. 넌 예수 패거리에게 고스란히 이용당했어. 예수의 제자도 추종자도 아니면서 주제 모르고 날뛰다가 그들 대신 값비싼 대가를 치르게 된 거지."

어느새 말에서 내린 피슈카르가 칼을 겨누고 쇳소리를 뱉어냈다. 마티아스는 그제야 놈의 의도적인 유인에 말려들었다는 생각에 섬뜩함을 느꼈다. 이 악한은 예수의 제자들을 유인하기 위해 이곳의 위치를 기억하는 말을 거기에 남겨둔 것이었다. 그러나 한편으론 다른 누구도 아닌 자신이 그 말에 오른 것이 다행이라는 생각이 들었다. 야고보도, 시몬도, 도마도 아닌 자신이 피슈카르의 미끼를 물었다는 사실에 후회는 없었다. 마리아는 무사히 탈출했다. 그것으로 충분했다. 살인자의 손아귀에서 그녀를 구한 것이 그 누구도 아닌 자신이라는 사실이 다행이었다.

피슈카르는 칼을 치켜들고 달려들었다. 금속이 부딪치는 날카로운 소리가 동굴 안에 울렸고 어둠 속에서 불꽃이 튀었다. 마티아스의 온몸은 땀으로 젖었다. 쏟아지는 칼날을 막기엔 힘이 부쳤다. 그는 칼을 쥔 손을 늘어뜨리며 돌문에 연결된 활대 뒤로 몸을 피했다.

피슈카르는 맹렬한 기세로 그를 몰아붙였다. 마티아스는 목덜미를 향해 곧바로 날아오는 칼날을 가까스로 튕겨냈다. 방향이 꺾인 칼날은 내려치던 기세를 이기지 못하고 나무활대에 박혔다. 당황한 피슈카르가 칼날을 뽑으려 했지만 깊이 박힌 칼날은 움직이지 않았다. 마티아스는 틈을 놓치지 않고 칼날을 그의 목에 겨누었다.

피슈카르는 칼날을 피하느라 고개를 젖히고 둥근 천장을 올려다보았다. 완만한 곡률로 휘어진 아치의 희미한 윤곽이 어둠의 갈비뼈처럼 아름답게 드러났다. 둥근 하늘을 뜻하는 원과 평평한 땅을 뜻하는 직선이 결합한 메흐라베의 아치. 그 형상은 신실한 미트라 교도들의 신전이자 사악한 적대자들을 처단할 형틀이자 미트라가 황소를 잡아 죽인 신성한 바위처럼 죄 많은 인간을 바칠 거룩한 제단이었다.

"더러운 살인자."

마티아스는 송곳니를 드러내며 말했다. 감당할 길 없는 분노가 뜨거운 용암처럼 솟구쳤다.

"그건 살인이 아니라 형벌이었어. 유대인이 그토록 죽고 못 사는 율법에 따라서 말이야."

피슈카르는 사기구슬처럼 탁한 눈동자를 치뜨며 쉿소리로 말을 이었다.

"그들이 죽은 이유는 그들이 지은 죄 때문이야. 미트라가 황소의 옆구리를 찔러 제물로 바친 것처럼 그들의 옆구리를 찔러 아치 제단에 바쳤지."

피슈카르는 가면을 벗어던지고 목덜미를 드러냈다. 어른거리는 불 그림자가 핏기 없는 얼굴에 깊은 음영을 드리웠다. 그의 얼굴에는 눈곱만큼의 후회나 가책도 없었다. 그것은 자백이 아니라 정의를 실현했다는 자신의 올바름에 대한 독선적 자부심이었다.

마티아스의 칼끝은 놈의 목덜미에서 부들부들 떨렸다. 분노와 살의가, 증오와 모멸감이 머릿속에서 뒤엉켰다. 번들거리는 칼날이 마티아스를 유혹했다. 찔러버려!

그 순간 마티아스의 머릿속에 한 가지 의문이 떠올랐다. 살인자를 징벌하기 위해 또 다른 살인을 해야 하는가? 놈을 죽여서 순교자로 만들어주어야 하는가? 마티아스는 고개를 가로저었다.

"아냐. 넌 틀렸어. 인간에겐 인간의 죄를 벌할 자격이 없어. 인간의 형벌은 인간의 죄를 응징할 수 없거든. 살인 행위를 응징하기 위해 살인자를 죽이는 건 또 다른 살인일 뿐이야."

자신이 하는 말을 듣는 동안 마티아스는 끓어오르던 감정이 누그러지고 머리가 맑아졌다. 자신의 말에 대한 확신과 알지 못할 평온함이 느껴졌다. 주위는 쥐 죽은 듯 고요했고 따스한 공기가 그를 감쌌다.

마티아스는 이제 자신의 감정을 통제할 수 있었고 살인자의 잔혹한 의도를 유리알처럼 차분히 들여다볼 수 있었다. 이자는 죽음을 자신의 죄에 대한 형벌이 아니라 연쇄 살인을 완성하는 사악한 도구로 쓰려 하고 있었다. 마티아스는 그가 원하는 것을 주고 싶지 않았다. 그렇다고 놈을 용서하고 싶지도 않았다. 그에게는 그럴 자격이 없었다. 죄를 짓는 건 인간이지만 그 죄를 용서하는 건 인간의 일이 아니기 때문이었다.

마티아스는 칼을 들어 피슈카르의 어깻죽지를 내려쳤다. 피슈카르는 크게 휘청이더니 바닥에 꼬꾸라졌다. 칼날이 아닌 칼등 쪽이니 생명에는 지장이 없을 것이다. 그것이 놈에 대한 마티아스의 복수인 동시에 단죄였다. 자비는 결코 아니었다.

요란한 발자국 소리가 다가오고 있었다. 스무 명가량의 번들거리는 검은 가면들이 순식간에 마티아스를 에워쌌다. 그들 중 일부는 바닥에 엎어진 피슈카르를 호위했고 다른 몇몇은 마티아스에게 칼끝을 들이댔다.

마티아스는 육중한 돌벽에 등을 기댄 채 칼로 땅을 짚고 일어섰다. 그제야 저항할 힘도 도망갈 기력도 남아 있지 않았다는 사실이 실감났다. 더 이상 피곤함을 견딜 수 없었다. 한순간이라도 빨리 그 자리를 벗어나고 싶었다. 칼을 겨눈 자들이 서서히 거리를 좁혀왔다.

그때 어디선가 청량한 공기가 흘러들어왔다. 마리아가 빠져나간 돌문이 조금씩 벌어지며 움직이기 시작했다. 돌 틈 사이로 여린 별빛이 보였다. 칼을 겨눈 사내들이 당황한 듯 우왕좌왕했다.

"마티아스!"

돌 틈 사이로 테오필로스의 목소리가 들려왔다. 열린 돌 문 안으로 정예 성전수비대원들이 쏟아져들어왔다. 칼날 과 칼날이 부딪치는 요란한 소리가 꿈결처럼 아득하게 들 렸다.

제7일
세 개의 십자가
금요일 — 유월절

예수께서 크게 소리질러 가라사대 엘리 엘리 라마 사박다
니 하시니 이는 곧 나의 하나님, 나의 하나님, 어찌하여 나를
버리셨나이까 하는 뜻이라

—마태복음 27: 46

46

일군의 괴한이 예수 일행을 습격했고 마티아스가 그들
소굴로 추적해들어갔다는 테오필로스의 기별을 받은 조나
단은 올 것이 왔다고 생각했다. 그는 서둘러 성전수비대를
이끌고 힌놈 골짜기로 향했다. 그리고 격투 중이던 피슈카

르와 마티아스를 체포해 압송했다.

"마티아스! 난 네놈에게 사건을 해결하라고 했지 혼란을 일으키라고 말하진 않았어."

조나단은 주먹으로 탁자를 내리치며 마티아스를 노려보았다.

"널 찾아 예루살렘 곳곳을 헤맨 테오필로스가 아니었으면 넌 이미 죽은 목숨일 거야. 습격당한 그 집을 본 테오필로스가 안토니 요새가 아닌 성전수비대로 알려온 것이 천운이었어. 놈들이 두고 간 말을 쫓아가자는 테오필로스의 말을 믿을 순 없었지만…… 어쨌든 넌 죽다가 살아난 거야."

조나단은 멍한 표정이었다. 미트라 신도들이 예루살렘 심장부에 지하 신전을 조성해두고 은밀히 드나들었다는 충격에서 헤어나지 못한 듯했다. 두 팔을 뒤로 묶인 채 감옥 바닥에 꿇어앉은 마티아스는 말이 없었다. 그러나 마음속으로는 유월절 전에 연쇄살인을 해결했다는 안도감을 느꼈다. 이제 사건의 전모를 보고하면 자유의 몸이 될 거라고 그는 확신했다. 조나단은 약속을 지키는 사람이니까.

"혼란을 일으킨 건 죄송하지만 전 약속을 지켰어요."

마티아스는 네 건의 살인에 대한 보고를 시작했다. 피슈카르라는 살인자의 정체, 복잡한 살인의 고리와 상징, 예수에 관한 놀라운 소문의 주인공이라는 피살자들의 공통점, 지하에 조성된 미트라교의 신전까지 자신이 본 것과 들은 것 그리고 아는 것과 믿는 것을 빠짐없이 말했다.

"단지 허황한 소문을 떠들고 다녔다는 이유로 사람을 죽인다고? 웃기는군. 사람을 죽이는 데에는 이유가 있어야 해. 그 살인으로 놈이 얻을 이익이 뭐지?"

조나단은 잠이 덜 깬 소년처럼 멍한 표정으로 말했다. 의도적으로 보일 정도로 인위적인 표정이었다.

"예수는 로마군 내에 급속도로 세력을 확장해가는 미트라교에 엄청난 위협이었어요. 유대인은 물론 로마군인들과 이방인까지 끌어들이는 예수를 방치하면 미트라의 강력한 대적자가 될 것은 뻔했죠. 예수를 따른 로마군인 티투스를 죽인 이유가 바로 그 때문이었어요."

"그렇다면 죽은 창녀를 마지막으로 만난 마태와 살인현장에서 발견한 시카리의 주인 시몬은 어떻게 되는 거지? 객관적 정황으로 보면 가장 유력한 용의자는 그들이야."

"그자가 예수를 따르는 자들을 잔인하게 살해한 목적은 세 가지였어요. 예수의 기적을 증언할 목격자들을 없애고 급격히 늘어나는 추종자들에게 공포를 심어주는 동시에 그의 제자들을 살인자로 모는 것이었죠. 그래서 마태와 만나고 돌아가는 헬레나를 성전으로 유인해 살해하고 야이로의 딸을 살해한 현장엔 미리 훔친 시몬의 단도를 의도적으로 유기했어요. 예수를 끔찍한 살인의 수괴로 만들기 위해서였죠."

설명을 이어가는 마티아스의 얼굴은 희망으로 붉게 달아올랐다. 미궁에 빠진 살인사건을 해결했으니 곧 자유의 몸이 될 것이다. 조나단은 사람 좋은 너털웃음을 지으며 이렇게 말할 것이다. 역시 넌 제대로 해냈어. 마티아스! 이제 넌 자유야.

그러나 돌아온 것은 조나단의 차디찬 시선이었다. 그의 표정은 오히려 실망하는 기색이 역력했다.

"피슈카르라는 자는 자신의 범행을 완강히 부인하고 있어."

"그자들이 만들어놓은 미트라교의 지하 신전을 보셨잖아요. 그 이교도들은 예루살렘 한복판에서 음모를 꾸몄어요."

조나단은 팔짱을 낀 채 모르는 사람처럼 마티아스를 물끄러미 쳐다보았다.

"안토니 요새 주둔군들이 폐쇄 작전을 수행하고 있어. 그곳은 최대한 빠른 시간 안에 폐쇄될 것이고 거기에 그런 곳이 있었다는 흔적조차 남지 않을 거야. 그 너구리굴은 이전에 아무도 보지 못했고 이후에도 아무도 알지 못하는 장소가 되겠지."

"왜죠? 왜 그토록 힘들여 찾아낸 비밀을 묻어버리려는 거죠?"

"넌 찾을 필요 없는 걸 찾아낸 거야. 마티아스. 이교도들이 우리 발밑에서, 로마 요새 코앞에서 일을 꾸민 게 알려지면 어떤 일이 벌어질지 생각해봐. 예루살렘 지하의 미트라 신전 건설에 다수의 로마군인이 개입되어 있다면 대제사장이나 총독은 난처한 지경에 몰릴 거야. 순례자들의 성토가 이어지고 예루살렘은 혼란에 빠질 테고…… 그러니 지금까지 본 것을 잊어. 미트라니 뭐니 얼빠진 소리도 머리에서 지워."

튀어나올 듯한 조나단의 갈색 눈이 말하는 바는 분명했다. 그는 마티아스가 아는 사실, 알기 때문에 믿을 수밖에 없는 사실을 무시하라고 요구하고 있었다. 천신만고 끝에 찾아낸 진실이 그에겐 처음부터 중요하지 않았던 것이다. 진실이 누군가의 필요에 의해 가공되고 있다는 생각에 마티아스의 뱃속에서 무언가가 단단하게 뭉쳐졌다. 그것이 분노인지 절망인지 마티아스는 알 수 없었다.

"피슈카르는 교활한 놈이야. 나사렛 예수가 살인자라고 주장하고 있어. 로마인들이 자신들의 흔적을 지우고 있다는 것을 아는 것처럼 행동하는 거지."

조나단이 말했다.

"예수는 살인자가 아니에요. 거짓말을 일삼는 사기꾼이나 신성모독자일 수는 있겠지만 살인자는 아니에요. 그게 제가 알아낸 진실이에요."

마티아스는 간신히 입을 열었다. 입안에서 피비린내가 가시지 않았다. 오래 꿇어앉은 무릎과 꽁꽁 묶인 양팔이 저려왔다. 흙과 피로 범벅이 된 청년을 바라보는 조나단의 관자놀이에서 푸른 핏줄이 꿈틀거렸다.

"그래. 마티아스. 물론 진실은 중요하지. 하지만 진실보다 중요한 건 예루살렘의 평화야. 안토니 요새 측에서 피슈카르와 널 넘기라는 전갈이 왔어. 그자는 원래 로마군인이었고 넌 안토니 요새 감옥에 갇혀 있었으니 요구를 거부할 명분은 없어."

조나단은 그들이 마티아스를 어떻게 처리할지 말하지 않았다. 아마 말할 필요조차 없었을 것이다. 마티아스는 무언가에 쫓기듯 말했다.

"살인자는 피슈카르예요. 제가 증언하겠어요."

"마티아스. 미련하게 굴지 말고 살 방도를 생각해. 네가 증언을 하든 말든 예수는 빠져나갈 구멍이 없어. 살인자가 아니라 해도 성전을 위협하고 율법을 파괴한 신성모독 행위는 사라지지 않아. 게다가 그는 자신이 유대의 왕이라고 말하는 반역 행위를 했어. 로마에 대한 반역은 십자가형을 피할 수 없다는 걸 알고 있겠지?"

"그래도 살인자의 누명을 쓰고 십자가에 매달리진 않을 거예요."

조나단의 눈동자가 흔들렸다. 불안감 때문이 아니라 낭패감 때문이었다. 철이 들기도 전에 버려진 그 아이를 거둔 것도, 살인을 저지르고 죽음을 기다리는 그에게 한 가닥 삶의 희망을 준 것도 자신이었다. 그럼에도 여전히 그 아이의 충동적인 생각과 과격한 행동을 이해하기는 어려웠다. 사랑하지도 않은 여자를 위해 백인대장을 살해하더니 이제는 자신이 그토록 악착같이 의심하며 추적했던 자를 위해 불구덩이로 뛰어들려 하고 있었다. 조나단은 피가 차갑게 식는 것을 느꼈다. 손발 같은 수하까지 그자의 거짓말에 현혹된 것이 아닌지 두려웠다.

"잘 생각해. 마티아스. 아직 시간이 있어. 네가 하려는 그 일만 하지 않으면 넌 풀려날 수 있어."

조나단은 꿇어앉은 마티아스를 일으켜 세우고 두 손으로 어깨를 감쌌다. 마티아스는 터진 입술에 말라붙은 피딱지를 핥으며 부어오른 눈꺼풀을 힘주어 들어 올렸다.

"부탁드린 빌라도와 헤롯 안티파스의 4년 전 여름 행차 기록을 알고 싶어요."

"마티아스! 그런 건 중요하지 않아. 네 목숨이 경각에 달려 있다는 걸 아직도 모르느냐?"

"알아요. 알기 때문에 확인하고 싶어요. 광야의 40일은 예수의 삶에서 가장 수수께끼 같은 기간이에요. 그 기간에 대한 마태의 기록이 진실인지 아닌지 확인해야 해요."

조나단은 내키지 않는 표정으로 두루마리 보고서의 내용을 마티아스에게 전해주었다.

"정보기록관의 기록에 의하면 3년 전 여름 빌라도의 공식 일정에 3일의 공백이 있었어. 목적지는 정확치 않지만 가이사리아를 비운 건 확실한 것 같아. 비슷한 시기에 갈릴리의 헤롯 안티파스가 예루살렘에 왔다는 기록도 있었어. 이제 확인이 됐나?"

조나단은 이글거리는 눈빛으로 마티아스를 쏘아보았다. 그는 마티아스가 좀 덜 똑똑했더라면 좋았을 거라고 생각했다. 이 젊은 밀정에겐 보이는 사실에 구애받지 않고 그 이면의 진실을 이끌어내는 능력이 있었다. 지식은 얕았지만 단서들을 분류하고 조합하고 연결해 관계를 파악할 줄 알았다. 그렇지 않았다면 그는 지금 같은 위험에 빠지지 않았을 것이다.

조나단은 결심한 듯 입술을 깨물며 감방을 나섰다. 마티아스는 어둠 속에 혼자 남아 생각에 빠졌다. 예루살렘은 거들떠보지도 않던 안티파스가 왜 갑자기 예루살렘으로 왔을까? 예루살렘은 경유지였을 뿐 그의 목적지는 그 남쪽의 광야가 아니었을까? 가이사리아를 비운 빌라도의 목적지 또한 광야가 아니었을까?

광야에서 보낸 예수의 40일에 관한 마태의 기록은 거짓이 아니었다. 예수는 명예와 권력과 돈을 거부하고 다른 것을 택했다. 그가 택한 것은 죽음이었다. 마티아스는 그 사실을 분명히 알 수 있었다. 예수는 살인자가 아니다. 살인자가 아니라면 그는 무엇인가? 마태의 기록이 사실이라면 그는…….

"메시아가 되려는 것일까? 아니면, 진짜…… 메시아일
까?"

마티아스는 자신도 모르게 입술 사이로 흘러나온 말에
놀랐다. 그토록 단호하게 부정해온 사실이었기에 자신의
귀로 들어도 믿을 수 없었다.

마티아스는 고꾸라지듯 땅에 머리를 대고 신음했다. 지
금껏 겪었던 어떤 육체적 고통에도 비할 수 없는 괴로움이
밀려왔다. 한참 후에야 그는 몸을 일으켰다. 이제 그가 어떻
게 해야 할지는 분명해졌다. 지난 6일이, 아니 지난 몇 시
간이 아득한 꿈처럼 느껴졌다.

47

조나단은 느린 걸음으로 지하 통로를 나아갔다. 수비대
원 두 명과 시종이 앞장서서 복도 끝 지하로 통하는 계단으
로 안내했다. 계단 아래로 흰 대리석 통로가 이어졌다. 천장
이 점점 낮아졌고 벽 양쪽에는 등잔불이 타올랐다. 그들은
막다른 벽 앞에서 걸음을 멈추었다. 대기하던 수비대원이
길게 두 번 짧게 세 번 벽을 두드렸다.

막다른 벽이 일행을 집어삼킬 듯 검은 아가리를 벌렸다.

성전과 안토니 요새의 실무자들이 필요시에 접견할 수 있는 은밀한 공간이었다. 궁륭천장과 벽은 석회로 마감이 되었고 바닥에는 고급 양탄자가 깔려 있었다. 방 중앙 테이블 양쪽으로 의자 열두 개가 놓여 있었다.

조나단은 제복의 허리끈 매무새를 고치고 안으로 들어섰다. 맞은편에서 절걱거리는 소리와 함께 로마군 갑옷이 번들거렸다. 코르비우스가 흰 이를 번득이며 들어섰고 그 뒤로 테오필로스가 따라 들어왔다.

"천한 빵공장 직공과 창녀의 죽음에 안토니 요새 사령관이 직접 나서다니 격에 맞지 않는군요. 예루살렘에서는 온갖 일이 일어납니다. 살인도 그중 하나지요."

조나단은 팽팽한 긴장을 깨고 말을 꺼냈다. 코르비우스가 깨끗이 면도한 턱을 만지며 대꾸했다.

"예루살렘은 성도인 동시에 로마의 속주요. 창녀도 빵공장 직공도 산헤드린 의원이나 성전수비대장과 다름없이 소중한 로마 제국의 속주민이오. 게다가 유능한 로마군단 백인대장도 살해당한 마당이오."

조나단은 테이블 너머 로마 군기와 티베리우스 황제 흉상을 응시했다. 이 방은 그에게 치욕을 안겨주는 공간이었다. 이곳에서 그는 성전수비대장이 아니라 한갓 로마 속주민일 뿐이었다. 로마인은 그의 권위를 존중하는 척하면서 마치 종을 대하듯 그의 자존심과 명예를 짓밟았다. 그것이 저들의 의도였다면 성공한 셈이었다.

"그래서 그 일을 까뒤집어 온 예루살렘을 벌집으로 만들 겁니까?"

조나단이 따지듯 말했다.

"그런 상황을 바라지 않는 건 총독님도 마찬가지요. 하지만 그러려면 조건이 있소."

코르비우스는 잠시 말을 멈추었다가 이어나갔다.

"살인자 신병을 넘기는 거요."

조나단은 말문이 막혔다. 이 오만한 이방인이 예루살렘의 사법권을 송두리째 강탈하려는 건가?

"예루살렘의 치안에 관한 권한은 성전에 있소. 이 일은 제국에 반역한 정치사건이 아니라 사령관이 관여하기에 하찮은 뒷골목 사건일 뿐이오."

조나단은 부아를 가라앉히며 한편으론 달래고 한편으론 읍소했다.

"예루살렘을 공포와 혼란으로 몰아넣은 반역사건이오. 모든 군중이 보는 앞에서 살인자를 처벌하지 않는다면 소요와 혼란은 증폭될 거요."

코르비우스는 완강했다. 조나단은 한 발 물러섰다.

"넘겨드리고 싶어도 그럴 수가 없게 됐소. 아직 살인자를 찾지 못했으니까요."

"예루살렘 골목골목 쥐구멍까지 샅샅이 아는 성전수비

대가 예루살렘을 공포로 몰아넣은 살인자를 잡지 못했다
구요? 범인을 잡지 못하면 만들어서라도 잡는 성전수비대
가?"

코르비우스가 비꼬았다. 조나단은 덫에 걸린 짐승처럼 꾸
물거렸다. 그는 치욕을 드러내지 않기 위해 숨을 멈추었다.

"최선을 다해 범인을 쫓고 있으나 결정적인 단서를 잡지
못했소. 다만 심증이 가는 자가 있습니다만……."

"그가 누구요? 나사렛 출신 예수라 하는 자요?"

코르비우스는 은근한 음성으로 물었다. 만약 조나단이
그렇다고 대답해준다면 골칫덩이 선동꾼이자 미트라교 포
교의 훼방꾼을 깔끔하게 해결할 수 있을 터였다. 그자를 합
법적으로 제거할 최선의 방법은 로마 총독이 죄를 판결하
도록 하는 것이었다. 죄를 묻더라도 빌라도가 묻게 하고 벌
을 주더라도 빌라도가 주게 해서 만인이 보는 앞에서 처단
해야 했다. 조나단은 선뜻 대답하지 못했다.

"대답을 망설이는 것을 보니 성전수비대 정보력이 들던
만큼 정확하지는 않군요."

듣고 있던 테오필로스는 코르비우스와 조나단의 표정을
번갈아 살피며 입을 열었다.

"나사렛 예수는 살인자가 아닙니다."

코르비우스는 차가운 시선으로 테오필로스를 노려보았
다.

"테오필로스! 총독의 명으로 살인사건을 조사한다는 건 알고 있소. 확실하지 않은 심증만으로 불쑥불쑥 나서는 경망스런 사람이 아니라는 것도 알고 있소. 설마 알렉산드리아의 현인이라는 당신마저 그자의 허황한 거짓말을 믿는 건 아닐 테지?"

공손한 말속에 가시가 돋쳐 있었다. 테오필로스는 보일 듯 말 듯 미소를 지으며 말했다.

"그 말을 믿고 싶지는 않지만 믿지 않을 도리도 없지요. 저와 마카베오 마티아스는 이번 사건을 처음부터 끝까지 조사한 끝에 그 전모를 밝혀냈습니다. 살인자는 예수가 아니라 미트라교 사제 피슈카르입니다. 그는 성전에서 가까운 감람산 지하에 미트라 신전을 건설하고 성전을 제 집처럼 드나들며 살인을 저질렀습니다."

테오필로스가 뒤쪽 병사를 돌아보며 눈짓했다. 부동자세로 대기하던 병사가 양피지 두루마리 두 장을 테이블에 펼쳤다. 코르비우스는 양피지에 빽빽하게 적힌 글자를 읽어내려갔다.

니카노르 문 앞에서 발견된 소녀의 시체로 시작된 보고서는 이어진 네 건의 살인사건과 수수께끼의 인물 예수 그리스도, 지하 도시로 이어지고 미트라교 사제 피슈카르로 종결되었다. 네 건의 살인에 대한 논리적, 철학적, 종교적 분석을 읽어내려가던 코르비우스는 피슈카르를 연쇄살인범으로 지목하는 대목에서 소리쳤다.

"테오필로스! 당신 같은 현인이 어째서 그런 밀정의 말을 믿는 거요?"

"그는 지난 6일 동안 집요하게 사건을 추적해왔습니다. 예수를 살인범으로 지목하면 살인죄를 사면받을 수 있는데도 그는 진범을 밝혔습니다. 왜일까요? 목숨이 아깝지 않아서? 아닙니다. 그것이 진실이기 때문이지요."

코르비우스는 당혹감을 느꼈다. 이미 양피지 문서가 작성되고 문서 말미에는 빌라도의 인장이 찍혀 있었다. 보고를 검토한 총독이 하자 없음을 인정했다는 얘기였다. 그 순간 그의 머릿속에 하나의 생각이 스쳐갔다. 그는 막 떠오른 희미한 아이디어에 어떻게 형태를 부여하고 구체화시킬지 두 눈을 반짝이며 생각했다.

"총독께서 예루살렘으로 오신 것은 재판을 위해서입니다. 흉악한 범죄자를 군중들 앞에서 처형함으로써 치안을 유지하는 것이지요. 살인자는 마땅히 로마법에 따라 처단되어야 하니 그들을 넘기시오."

코르비우스의 요구를 들은 조나단은 낭패감에 휩싸였다. 범죄자들의 신병을 고집하다가는 일이 커질 수도 있었다.

"현인께서 로마법을 언급하셨으니 존중해야 하겠죠? 피슈카르라는 자를 넘기겠소. 대신 마카베오 마티아스는 다르오. 비록 살인을 저질렀지만 성전수비대가 그 죄를 물을 거요."

조나단은 마티아스를 로마군에 내줄 수 없다는 의사를 분명히 했다. 코르비우스의 머릿속에 조금 전 떠올랐던 희미한 생각이 선명하고 세밀한 형태로 자리잡았다. 그것은 미트라교의 훼방자 예수와 충실한 사제 피슈카르, 그리고 모든 진실을 알고 있는 마티아스를 동시에 처단하는 것이었다.

범죄 사실이 드러난 이상 피슈카르는 어차피 죽음을 피할 수 없는 처지였다. 마티아스가 살아 있다는 것은 그의 입이 살아 있다는 말이었다. 그를 살려둔다면 곳곳을 돌아다니며 뭐라고 떠벌릴지 모를 일이었다. 거기다 예수까지 이 연쇄살인에 엮어 함께 처형하면 골칫거리들이 한꺼번에 깔끔하게 정리될 것이다. 코르비우스는 조나단의 눈을 응시하며 천천히, 하지만 분명하게 말했다.

"마티아스는 로마 백인대장을 살해했소. 이미 재판이 끝난 사안이니 그 죄에 합당한 십자가형을 집행해야 마땅하오. 온 나라에 위험을 퍼뜨리고 다니며 불안을 조성한 예수라는 자 또한 함께 십자가에 매달아야 할 것이오."

테오필로스는 난감한 눈빛으로 허공을 응시했다. 그는 이 좁고 불안하고 혼란한 땅을 지배하는 힘의 원리를 직시하지 않을 수 없었다.

"사령관께서는 총독께서 나사렛 사내를 재판하기를 바란

다고 생각하시오? 하지만 로마를 부정하지 않는 그를 무슨 죄목으로 재판한단 말이죠?"

테오필로스의 목소리는 낮고 은근했지만 질문에는 미늘이 달려 있었다.

"그자는 유대 왕을 자처하고 있소. 모든 속주의 지배자인 로마황제를 모욕한 반역의 중죄를 저질렀단 말이오. 황제에 대한 반역을 꾀하는 것으로 모자라 연쇄살인의 동기를 제공하기까지 했소. 피살자들이 모두 그자의 추종자들이니 그자로 인해 살인이 시작된 거나 다름없잖소."

코르비우스는 자신의 대답에 가슴이 부풀었다. 이제 예수라는 지긋지긋한 이름은 로마황제에 대한 반역자가 되어 살인자들과 함께 사라질 것이다. 그러면 열심당 패거리와 주민들이 벌떼처럼 일어날 것이다. 때가 무르익으면 총독을 부추겨 폭동을 진압하고 나아가 예루살렘을 완전히 파괴하면 될 것이다.

다른 한편으로는 피슈카르의 죽음에 생각이 미쳤다. 마음이 불편할 줄 알았는데 뜻밖에도 아니었다. 사사건건 자신을 무시하던 경쟁자의 종말에 안도감이 밀려왔다. 과격하고 무모했지만 피슈카르는 자기 방식으로 미트라를 위해 싸워온 전사였다. 그의 분투와 헌신은 보상받을 것이다. 십자가에 매달려 미트라의 위대한 순교자로 영원히 추앙받을 테니까. 코르비우스는 조나단에게 거부하지 못할 조건을 제시했다.

"총독은 예수를 재판할 것이오. 그러니 체포는 성전수비대가 앞장서시오."

조나단은 끔찍한 굴욕감을 느꼈다. 하지만 참을 수 있고 참아야 하는 굴욕감이었다. 그는 야만적인 로마인의 조롱과 치욕을 견디며 유대의 평화를, 여호와에 대한 믿음을 지켜야 한다는 책무를 되새겼다. 굴욕을 견디면 언젠가 도탄에서 백성을 구할 메시아가 도래할 것을 조나단은 확신했다. 그때까지는 로마인에게 과도한 폭력을 행사할 빌미를 주지 말아야 했다.

48

빌라도의 집무실에는 나일산 향유 냄새가 감돌았다. 티베리우스 황제의 청동흉상, 벌거벗은 여신의 그림, 로마의 영광을 상징하는 독수리 군기⋯⋯.

로마 문장이 새겨진 군기와 황제 조상이 새겨진 방패 사건은 예루살렘을 뒤집어놓고 멀리 알렉산드리아까지 술렁거리게 한 큰 사건이었지만 빌라도는 아랑곳 않고 자기 집무실을 로마 상징물로 장식했다. 변덕스런 속주민들의 광신적 행태가 어찌 제국의 영광을 가로 막을 수 있단 말인가?

책상 위의 독수리 상을 매만지던 빌라도는 반색하며 테오필로스를 맞았다. 며칠 동안 예루살렘 곳곳을 돌아다닌 테오필로스의 잿빛 수염은 윤기를 잃었고 토가 자락은 꾀죄죄했다.

"테오필로스! 그대의 냉철한 추론과 방대한 지식 덕에 예루살렘을 어지럽힌 연쇄살인자를 잡았소."

빌라도는 느긋한 표정으로 삼나무 장식장으로 다가섰다. 연쇄살인자가 예수가 아니라 미트라교 사제라는 사실은 뜻밖이었지만 나쁠 것은 없었다. 어쨌건 살인범은 잡혔으니까. 예수가 집요하게 공격하는 것은 성전이지 로마가 아니었다. 목 터지게 세금 거부를 부르짖는 열심당에 비하면 얼마나 온건하고 소박한가?

고위 사제에 대한 예수의 공격은 빌라도에겐 내심 쾌재를 부를 만한 일이었다. 세례요한이 헤롯 안티파스를 괴롭힌 것처럼 권력을 분점한 자에 대한 공격이 빌라도에게는 호재로 작용했다. 적의 적은 결국 동지가 아니던가? 크게 번지지 않도록 관리만 하면 약간의 혼란은 오히려 로마의 영향력을 키우는 데 도움이 될 것이다.

테오필로스는 딱딱한 표정으로 집무실과 연결된 행정실을 살폈다. 회계사 세 명이 분주하게 장부를 기입하고 있었다. 철필이 양피지를 긁는 소리가 사각거렸다. 아마 본국으로 보낼 공세 장부를 확인하고 있는 듯했다.

빌라도의 눈짓에 문지기 병사가 급히 행정실 문을 닫았다. 평생 책상물림을 한 샌님을 경계할 필요는 없지만 빌라도는 이 쫌생이에게 분명히 알려주고 싶었다. 누가 위에 있고 누가 아래에 있는지. 빌라도는 자신만만한 목소리로 말했다.

"제국은 보다 강건해지며 보다 성장하고 있소. 위로 바다를 건너 브리타니아와 게르마니아, 갈리아에서 아래로 시리아와 이집트까지…… 제국이 강건해지려면 핏줄에 싱싱한 피가 흐르게 하고 근육에 힘을 줄 양식이 필요하오. 제국 행정관은 잘 빠진 말을 먹이듯 제국을 먹여야 한다오. 달려도 달려도 지치지 않는 말, 달리다 달리다 넘치는 힘을 주체하지 못하고 하늘로 날아오르는 말처럼 말이오. 세금은 로마 영광을 위해 신전을 세우고, 병사를 먹이고, 속주의 먼 변경까지 가도를 건설할 자본이오."

속주에 자치권을 허용하는 대신 펼친 로마의 세금정책은 엄격하다 못해 가혹할 정도였다. 각 속주의 총독은 행정관이라기보다는 악명 높은 수세관이었다. 탐욕스러운 세리들은 부과된 금액의 몇 배나 되는 토색질을 일삼았다.

한 달에 한 번 꼴로 가이사리아 항구를 출발하는 정기 공세선 출항일은 큰 축제일로 여겨졌다. 배를 타고 로마로 가려는 젊은이와 장사치와 여인들이 가이사리아로 몰려들었다. 항구의 접안 시설은 거두어들인 세금을 싣고 로마로 떠

날 준비를 마친 갤리 선단으로 빼곡했다. 특히 유월절 특별
공세 선단은 평소의 세 배나 되는 갤리선 열두 척과 호위선
네 척으로 이루어진 대규모 선단이었다.

"이번 세금은 유월절 제물 중 일부를 걷는 특별세요. 동
방의 진귀한 보물이나 금은 세공품, 보석을 박은 브로치나
허리띠 같은 장신구를 황실에 직접 전하려는 것이오."

빌라도의 목소리에는 잔뜩 힘이 들어가 있었다. 테오필
로스는 기다렸다는 듯 받아쳤다.

"특별세 내역과 액수는 정기 공세와 별도의 장부로 관리
되겠지요? 가이사리아로 옮긴 물목은 갤리선에 싣지 않고
이곳 총독궁에 보관하실 거구요?"

빌라도의 얼굴이 낭패감으로 일그러졌다. 이자가 어떻게
총독궁 지하 창고를 제 눈으로 들여다본 듯 알고 있을까?
빌라도는 오히려 잘된 일인지도 모른다고 생각했다.

"당신 말대로 유월절 특별세는 총독궁에 보관하면서 통
치자금으로 쓰고 있소. 아시겠지만 속주를 다스리는 데는
알게 모르게 돈 쓸 일이 많다오. 하지만 그때마다 본국에
손을 벌릴 수야 없지 않소? 그 돈으로 예루살렘 수로를 건
설한 것을 많은 사람들이 알고 있소."

빌라도는 능글맞은 웃음으로 얼버무리며 말을 이었다.

"어쨌든 살인사건은 종결되었잖소? 덕분에 이번 유월절
은 편하게 보낼 수 있겠군."

빌라도는 지긋지긋한 축제가 끝난 후 가이사리아로 돌아가기만을 기다렸다. 그곳은 냄새나는 예루살렘과는 다른 도시였다. 쾌적한 바닷바람과 언제든 하늘을 바라보며 즐기는 노천 온천, 매일 검투 경기가 이어지는 원형경기장과 경마장…….

빌라도는 귀환 행렬에 테오필로스를 동행해 실컷 즐기도록 해주고 알렉산드리아로 돌아가는 그의 수레에 선물을 가득 실어주리라 다짐하며 웃음을 터뜨렸다. 그러나 테오필로스는 여전히 딱딱한 표정을 풀지 않았다.

"사건은 끝나지 않았습니다. 아니 이제부터 사건이 시작될 것입니다."

요령부득의 샌님 덕에 빌라도는 비위가 상했다. 벌떡 일어나 테이블을 내려치려던 그는 문득 생각난 듯 테오필로스를 흘겨보았다.

"아…… 무슨 말인지 알겠어. 그러니까 특별세를 총독 통치자금으로 쓰는 관례를 빌미로 날 협박해 뭔가를 얻어내려는 건가? 이 교활한 현자여!"

테오필로스는 회색 수염을 가다듬며 이죽거리는 빌라도의 얼굴에 대고 말했다.

"제가 원하는 대가는 돈도 보석도 아닙니다. ……진실입니다. 총독께서 황량한 유대땅으로 오신 이유, 진저리를 치면서도 이곳을 떠나지 못하는 그 이유 말입니다."

"그 이유가 뭔지, 그게 당신이 믿는 진실과 무슨 상관이 있는지 들어나볼까? 도대체 이유가 뭐라고 생각한 거요?"

"선지자 발람의 별과 홀의 예언입니다. '내가 그를 보아도 가까운 일이 아니로다. 한 별이 야곱에게서 나오며 한 홀이 이스라엘에서 일어난다.'"

테오필로스는 빌라도의 눈을 피하지 않고 말을 이었다.

"한 별이 야곱에게서 나온다는 말은 다윗의 자손 중에서 메시아가 나온다는 예언입니다. 한 홀이 이스라엘에서 난다는 말은 유대 땅에서 왕이 나올 것을 상징하죠."

"내가 황제 권좌를 넘본다는 것인가? 이보쇼. 현자 양반. 누가 뭐래도 난 유대인이 아닌 로마인이오. 다윗의 자손은 더더욱 아니지. 그러니 처음부터 그 예언과 상관없는 사람이오."

"왕을 지칭하는 데는 두 개의 상징이 쓰였습니다. 야곱에게서 나온 별과 이스라엘에서 일어나는 홀입니다. 별은 하늘의 왕을, 홀은 땅의 왕을 상징합니다. 하늘의 왕이란 여호와의 뜻을 전할 선지자이며 땅의 왕은 세상을 지배할 위대한 왕을 뜻하지요."

"유대인은 자기들 땅에서 메시아가 나올 거라는 터무니없는 믿음을 가지고 있소. 지금 이 순간도 메시아를 간절히 기다리지. 열심당 또한 그 예언 때문에 로마를 몰아낼 수 있다고 믿고. 어리석은 자들……."

빌라도가 카악 하고 가래침을 타구에 뱉었다. 테오필로스가 대꾸했다.

"그 예언을 믿은 건 유대인뿐만이 아니었습니다. 유대 지역의 권력 향방에 대한 예언은 알렉산드리아 지식인 사이에서도 흥미롭게 다뤄진 토론 주제였죠. 한 가지 특별한 점이라면 총독님의 경우 단지 흥미를 가진 데서 나아가 그 예언을 실현시키려 했다는 거죠. 총독님은 이스라엘에서 홀이 일어난다는 상징을 교묘하게 비틀어 보셨습니다. 유대인이라는 혈통의 상징을 유대 땅이라는 지역의 상징으로 바꾼 거죠. 유대인이 아니라 유대 땅에 속한 자가 지상의 권력을 갖는다는 의미로 해석하셨겠죠?"

빌라도는 손가락으로 이마를 짚고 생각했다. 이자를 적으로 돌리거나 동지로 만들어야 할 때가 왔다. 단순하고 우직한 이자에겐 잔꾀가 통하지 않을 것이다. 그런 자에겐 솔직하게 접근해야 한다.

"현명한 학자 양반! 과연 눈치가 빠르시군."

"욕망을 뒷받침할 재산과 신분을 가졌다면 야심은 곧 현실이 되지요. 재산가들은 원로원 의원으로 진출하거나 국가 기부를 통해 귀족 지위를 얻습니다. 권력에 접근하는 합법적인 경로죠. 그러나 더 큰 권력, 즉 최고 권력을 욕망했던 총독님은 원로원으로 진출하는 대신 황족의 일원이 되셨죠. 황족은 곧 황제가 될 수 있는 사람을 뜻하니까요. 권력의 향방에 대한 예언을 들으면 누구나 쉽게 넘어가기 힘들 겁니다. 야망이 크신 총독님께는 더더욱 거부할 수 없는 유혹이었을 테구요."

테오필로스가 말했다. 빌라도는 자신의 속을 훤히 들여다보는 현자 앞에서 유리인형이 된 것 같았다. 내키지 않았지만 자신의 속마음을 숨김없이 그에게 내보여야 했다. 숨긴다고 해서 숨겨지지 않을 것이며 이자를 속일 방책도 마땅치 않았다. 그는 무겁게 입을 열었다.

"그 예언을 처음 들었을 때 나는 웃어 넘겼소. 그 다음에는 반신반의 했고 마침내 진위를 파악해야겠다고 마음먹었지. 나는 알렉산드리아 예언가와 점성술사들을 불러 자세히 물었소. 모두 예언의 주인공에 대해 설왕설래했지만 한 가지 사실만은 명확했지."

"유대 땅에서 세상의 권력이 나온다는 사실이겠지요. 그 사실을 확인한 총독님은 곧바로 로마로 돌아가 유대 총독을 자청했던 겁니다. 비록 틀린 예언이라 해도 시도해볼 가치는 충분했으니까요. 아닙니까?"

테오필로스가 추궁하듯 말꼬리를 높였다. 빌라도는 차분하게 대답했다.

"엄청난 알렉산드리아산 보화와 노예 수십 명, 그리고 아랍산 종마 열 필을 갖다 바쳤더니 세야누스는 바로 발령장에 인장을 찍더군. 나는 인장이 찍힌 발령장을 들고 그의 방을 나오며 생각했고. 언젠가 내 손으로 유대 총독 임명장에 도장을 찍겠노라고. 다음날 나는 가이사리아로 향하는 갤리선에 올랐지."

빌라도는 권력을 욕망하는 한편 권력을 향해 한 걸음씩 다가온 날들을 회상했다. 엄청난 재력, 로마 황족 신분, 뛰어난 사교술과 명민한 상황 판단력, 불같은 권력 의지…… 알렉산드리아에서 그는 재물로 총독과 주둔군 사령관, 고위관리를 매수했다. 지식인과 철학자들도 재력 있고 명민한데다 수완 좋은 그를 떠받들었다. 빌라도는 말을 이었다.

"그렇소. 난 권력을 사랑하고 권력을 향해 한 걸음씩 나아가고 있소. 이건 개인적인 욕심이 아니오. 로마는 지금 혼란과 불안 속에 방치되어 있소. 황제는 외딴 섬 별장에서 미소년들과 음탕한 짓을 일삼고 제국은 무도한 세야누스의 독선에 휘둘렸소. 그 독재자마저 축출당했지만 제국은 여전히 원로원 의원과 황족과 반란자들의 악다구니로 가득하오. 유대는 또 어떻소? 반역자가 여기저기 출몰하며 거짓 선지자가 혹세무민하고 있소. 동생의 아내와 불륜을 저지른 갈릴리의 안티파스는 백성의 신망을 잃은 지 오래요. 도대체 누가 이 혼란을 수습하겠소?"

"알고 싶지 않습니다. 누가 되든 별로 달라질 것 같지도 않고요."

"난 이 땅의 혼돈을 더 이상 방치할 수 없소."

"어떻게 하시려는 겁니까?"

"토라의 예언을 실현할 거요. 제국을 바로 세울 거요. 그러니 테오필로스. 나를 도와주시오. 나에겐 당신 같은 현자가 필요하오. 내 앞길을 열어주고 나를 후원할 자문관이 되어주시오."

어떤 웅변가보다 격렬하게 야망을 토로하는 빌라도의 모습은 성마르고 까탈스런 평소와 달랐다. 이글대는 그의 눈은 어쩌면 예언이 실현될 수도 있다는 설득력을 지닌 것 같았다. 그의 어느 곳에 그런 열정이 숨어 있었는지 테오필로스는 궁금했다.

"그럴 순 없습니다."

빌라도는 실망하는 기색이 역력했다.

"이유가 뭐요?"

"성공하지 못할 것을 알기 때문입니다."

빌라도의 입가에 엷은 웃음이 비쳤다. 지금은 당황하거나 비굴해질 때가 아니었다. 걸림돌이 있다면 제거하고 방해자가 있다면 굴복시켜야 했다.

"나와 적이 되겠다는 거요? 당신이 알고 있는 것을 군중들에게 폭로하고 로마로 밀정을 보내 내 계획을 발고해보겠소? 그리고 어떻게 되는지 지켜볼 생각이오?"

"가이사리아 총독궁 창고의 재물에는 관심이 없습니다.

비밀은 지키겠습니다. 대신 나사렛 예수와 마카베오 마티아스를 살려주십시오."

테오필로스는 억양 없는 목소리로 말했다. 빌라도는 관자놀이에 지그시 손가락을 갖다대고 눈을 감았다.

"잘 됐군. 내가 원하는 건 바라바 처형뿐 그자들이 죽든 살든 눈곱만큼도 관심이 없으니까. 하지만 십자가형이 당연한 범죄자들을 살려주라는 이유가 뭐요?"

"그들에게 죄가 없기 때문입니다."

"죄가 있고 없고는 이미 결론이 났소. 나는 죄인들에게 십자가형을 명하면 되는 것이오."

"예수를 죽이면 그를 따르는 군중의 분노가 어디로 향할지 모릅니다. 소요가 일어나면 원로원은 총독의 통치능력을 도마 위에 올릴 것입니다. 그런 일이 일어나기를 원하십니까?"

빌라도는 순진한 현자가 사태를 잘못 판단하고 있다고 생각했다. 그는 속주민의 소요를 두려워하는 겁쟁이가 아니라 반역자들을 말발굽으로 짓밟을 준비가 되어 있는 정복자였다. 그에게는 도시에 작은 불안의 조짐이 보이기만 해도 무력으로 진압할 의지와 능력이 있었다. 소요가 커지면 예루살렘을 초토화시켜버릴 수도 있었다. 그는 황제에게 반기를 든 도시를 잿더미로 만들고 그 위에 새로운 로마를 건설할 것이다. 최악의 경우 예루살렘은 로마군단의 말발굽에 짓밟히고 성전엔 벽돌 하나 제대로 서 있지 못할 것이다. 로마시민들과 원로원은 그를 끈질긴 유대의 혼란을 종결시킨 개선장군으로 받들고 로마는 그에게 새 기회를 제공할 것이다.

그러므로 허울뿐인 메시아로 포장된 예수의 생사는 그의 관심사가 아니었다. 그 변방의 떠돌이가 죽든 살든 그의 계획에는 하등 영향이 없었다. 초막절의 수모를 아직 잊지 않은 그에겐 열심당 수괴 바라바가 더욱 이용가치가 있는 인물이었다. 그의 유일한 관심사는 어떻게 하면 바라바를 죽이느냐 하는 것이었다. 바라바를 처형해 주민들의 반항심을 부추기면 엄청난 소요를 유도할 수 있을 것이다.

바로 그 때문에 역설적으로 예수의 생사가 중요해지고 있었다. 두 죄수 중 한 명을 살리는 선택권을 가정할 때 바라바를 죽이려면 예수를 살려야 한다는 점은 분명했다.

"내가 약속할 수 있는 것은 예수를 직접 심판하지 않겠다는 것까지요. 그자를 심판하는 건 재판정에 모인 군중들이 될 것이오."

자신의 목적이 순진한 학자의 요구와 기가 막히게 맞아떨어진다는 사실을 간파한 빌라도는 교묘하게 덫을 빠져나갔다. 자신에게 맡겨진 심판권을 종잡을 수 없이 흥분한 군중에게 떠넘긴 것이다. 하지만 그것이 현명한 판단일까?

빌라도는 자신의 기지에 만족하면서도 그 결정이 불러올 파장에 불안을 느꼈다.

49

자정이 조금 지난 시간에 마티아스와 피슈카르는 안토니 요새로 옮겨졌다. 그들의 신병은 성전 문밖에 대기하던 로마병사들에게 인계되었다.

안토니 요새의 깊은 지하 감방에서 마티아스는 길지 않은 자신의 생이 끝나가고 있음을 느꼈다. 그다지 살 만한 생은 아니었다. 타인을 속이고, 때리고, 찌르고, 죽였으며 스스로도 상처입고 고통받은 삶.

그는 굳은살이 박이고 부르튼 자기 손등을 물끄러미 내려다보며 터진 입술을 혀로 핥았다. 찝찔한 피냄새가 났다. 피를 흘리고 그 냄새를 맡는 것이 살아 있음을 확인하는 유일한 증거라는 생각에 그는 자꾸 혀로 입술을 핥았다. 피로와 통증은 얼마 남지 않은 그의 삶을 구성하는 소중한 요소였다. 고통을 견뎌내는 그의 능력은 스스로 생각해도 놀랄 정도였다.

마티아스는 누더기가 된 앞섶으로 손을 넣어 품속에서 무언가를 끄집어냈다. 누르께하게 바랜 자신의 핏자국이 선명한 코르넬리아의 손수건이었다. 더러운 손수건 한 장이 그가 지상에서 누군가의 사랑을 받았다는 유일한 표식이었다. 그 사실이 그는 자랑스러웠다.

한 가지 의문이 끝도 없이 머릿속을 맴돌았다. 마리아는 무사히 베다니로 돌아갔을까?

복도 저편에서 연락병 한 명이 다가와 감방 경비병에게 뭐라고 속삭였다. 경비병이 주위를 살피더니 고개를 끄덕였다. 긴 복도 저편에서 토가 차림을 한 키 큰 남자가 성큼성큼 다가왔다. 그는 품에서 데나리온 몇 개를 꺼내 경비병에게 건넸다. 경비병이 감방 문을 열었다.

테오필로스는 낮은 천장에 닿을 듯한 머리를 수그리고 감방으로 들어섰다. 그의 일그러진 표정에서 마티아스는 자신의 처참한 몰골을 읽을 수 있었다. 테오필로스는 흙바닥에 널브러진 마티아스를 일으켜 벽에 기대어 앉혔다. 경비대원들은 꺾어진 통로 뒤로 물러나 주위를 살폈다.

"어쩌자고 여길 온 거죠? 저와 얽혀봐야 좋을 것 하나 없다는 걸 몰라요?"

마티아스의 목소리는 핀잔처럼 들렸다. 그는 이런 식의 위험한 거래가 마음에 들지 않았다.

"시간 없으니 내말 잘 들어. 마티아스. 당장 나와 이곳을 나가야 해."

테오필로스는 더러워진 토가 자락을 걷어올리며 조바심

어린 미소를 지었다. 그의 미소는 따뜻했다. 사람의 웃음이 따뜻할 수 있다는 것을 마티아스는 처음으로 느꼈다.

"이곳을요? 대체 무슨 수로요?"

마티아스는 흙벽에 머리를 기댄 채 피식 웃었다. 터진 입술이 갈라지며 따끔거렸다.

"경비 대원들에게 미리 손을 써두었어. 지하 구역을 빠져나가면 대기시켜둔 빠른 말을 타고 사마리아나 에브라임 광야로 피해. 네가 원한다면 알렉산드리아로 갈 수도 있고 가이사리아에서 로마행 배에 밀항을 할 수도 있어. 우선은 여기서 빠져나가야 해."

테오필로스의 말은 새 삶을 약속하는 복음처럼 들렸다. 이곳을 벗어나기만 하면 아무 일도 없던 것처럼 살 수 있을 것이다. 비록 이곳에선 망쳐버렸지만 멀고 낯선 곳에서 새 인생을 시작하고 싶기도 했다. 그곳이 로마든, 알렉산드리아든.

대답을 기다리는 테오필로스의 초조한 숨소리가 들렸다. 마티아스는 대답해야 했다.

"전 떠날 수 없어요. 테오필로스님."

테오필로스의 잿빛 얼굴에 어두운 낙담의 기색이 떠올랐다. 평생을 양피지와 씨름하며 살아온 현인의 어설픈 분노.

"왜? 왜 떠날 수 없다는 거지?"

"제가 이곳에서 도망치면 진실은 영원히 묻히고 말 거예요."

"진실은 밝혀졌어. 마티아스. 살인자 피슈카르는 안토니
요새로 인계되었어."

"빌라도는 피슈카르의 존재와 미트라교의 세력이 알려지
기를 원치 않아요. 제가 이곳을 빠져나가면 살인자는 나사
렛 예수가 될 거예요. 그 편이 모두에게 좋으니까요."

마티아스의 목소리는 침착했다. 테오필로스의 팔뚝에 소
름이 돋았다.

"마티아스! 그는 죽음을 계획하고 있는 사람이야. 서슬
퍼런 음모가 자기 목숨을 노리는 예루살렘으로 온 것이 그
증거야. 그는 영웅이 되고 싶은 거야. 그의 헛된 의도에 놀
아나서는 안 돼."

"그가 선지자이건 사기꾼이건 상관없어요. 내가 알아낸
진실은 그가 사람을 죽이지 않았다는 것뿐이에요. 우습게
들리겠지만 사건을 파고들수록 그가 살인자가 아니라는 생
각이 확실해졌어요."

마티아스는 6일 동안 쫓아온 사내의 얼굴을 떠올렸다.
마티아스는 진실로 그를 증오했으나 그를 추적할수록 두
려움을 느꼈다. 이제 그는 증오와 공포가 다른 감정이 아니
라 같은 감정의 두 가지 측면이라는 사실을 이해할 수 있었
다. 그 감정들의 근원은 무지였다. 알지 못하거나 알 수 없
는 어떤 대상에 대한 과도한 상상력이 두려움을, 부족한 상

상력이 증오를 불러일으키는 것이었다.

마티아스는 두려움과 증오가 불러온 소문과 억측에 가린 예수의 면모를 지켜보았다. 그는 살인자가 아니라 죽음에 몰린 여인을 구한 보호자였다. 사기꾼이 아니라 자신을 공격하던 회당장의 딸을 살린 치유자였다. 그리고 살인 집단의 수괴가 아니라 자신을 불신하는 제자들의 지친 발을 씻어주는 스승이었다.

"마티아스! 그의 말대로 모든 인간은 태어날 때부터 죽어야 할 죄인이고 그가 인간들의 죄를 대신해 죽는다고 쳐. 그가 왕이 되기 위해 온 것이 아니라 죽으려고 이 땅에 왔으며 영광받기 위해 온 것이 아니라 죽임을 당하기 위해 왔다고 치자고. 그 말대로라면 그는 다시 살아날 거야. 하지만 넌 다시 살아날 수 없어. 넌 메시아도 하나님의 아들도 아니니까!"

테오필로스는 절박하게 청년의 눈을 바라보았다. 보지 않아야 할 것을 너무 많이 보아온 갈색 눈, 모두가 외면하는 소녀들의 죽음을 똑똑히 들여다보던 핏발 선 눈. 소녀들의 공포를 외면하지 않았고 피 흘리는 소녀들의 흰 목을 살피던 눈……

"그래요. 난 죽을 수밖에 없고 다시 살아날 수도 없는 사람의 아들이에요. 하지만 적어도 제가 믿는 진실을 위해 죽을 수는 있어요. 그를 증언하려는 건 그를 위해서가 아니라

나 자신을 위해서예요. 제가 찾아낸 진실이 제 죽음의 근거가 될 수 있다면 구차했던 제 삶도 아주 의미가 없지는 않을 테니까요."

그런 말을 할 거라는 생각조차 없었지만 마티아스는 입 밖으로 튀어나온 자신의 말이 거스를 수 없는 운명처럼 느껴졌다. 봄이면 꽃이 피듯 물이 아래로 흐르듯 처음부터 그렇게 하도록 정해져 있었고 반드시 그래야만 하는 것처럼. 그럼에도 마음 한편에서는 자신에게 죄를 짓는 기분이었다. 그 결심이 자신을 불행으로, 파멸로 이끌 것을 누구보다 잘 알기 때문이었다. 그러나 피하고 싶지 않았다. 피할 수 없었다.

"진실이 아무리 중요해도 목숨보다 중요할 수는 없어. 지금 네 꼴을 똑똑히 보라고."

테오필로스의 목소리는 거칠게 갈라졌다. 두려움과 분노, 회의와 절망, 증오와 연민이 그의 몸속에서 격렬하게 소용돌이쳤다. 그는 그것이 잘못된 결정이라고 마티아스에게 말해주고 싶었다. 아직 다른 선택지가 남아 있다는 사실을 알려주고도 싶었다. 모른 척할 수도 있고, 입을 다물 수도 있고, 도망칠 수도 있다고. 그러나 그는 말없이 입술만 떨고 있었다.

"저도 이러는 제가 낯설어요. 전 지금껏 살아남기 위해 살아왔어요. 조사를 맡은 순간부터 그의 뒤를 밟고 그를 따르는 사람들을 보면서 지금껏 경험한 적 없는 생각과 감정을 느꼈어요. 그가 메시아라고 생각하진 않지만 그렇다고 살인자도 아니에요. 그 사실을 증명할 수 있는 사람은 저밖에 없어요. 그러니 테오필로스님. 돌아가세요."

테오필로스는 그의 결정을 이해할 수 없었다. 다만 그가 살면 진실은 묻히고 진실을 밝히려면 죽음을 피할 수 없다는 조건만이 명백했다. 이 청년은 지금껏 살아남기 위해 수많은 실수를 저질렀고 잘못된 결정을 거듭 내렸다. 그 결과 차가운 지하 감방에서 처형을 기다리는 신세가 되었다. 그런데 이제 와서 진실을 위해 죽음을 선택하겠다고? 도대체 무엇이 변했기에 그는 삶을 아무렇지도 않게 버리려는 것일까? 그의 양심이 새삼스레 정의와 순수함을 되찾은 것일까? 아니면 비굴하고 속된 삶보다 고결하고 숭고한 죽음의 가치를 깨달은 것일까?

멀리서 불빛이 일렁이더니 두런거리는 소리가 들렸다. 테오필로스는 쫓기듯 허겁지겁 교대조가 오는 반대편 통로로 빠져나갔다.

꺾어진 통로 저편에서 한 무리의 사내들이 다가왔다. 호송병 세 명과 두 손이 묶인 채 그 뒤를 따르는 예수였다. 예수의 야윈 얼굴은 상처투성이였고 눈두덩에는 멍이 들어 있었다. 뺨은 퉁퉁 붓고 낯빛은 밤처럼 어두웠다. 그는 붉게 물들고 너덜거리는 흰옷 자락을 질질 끌며 지친 발걸음을 옮겼다.

호송병 한 명이 몽둥이로 예수의 어깨를 후려쳤다. 그의 몸이 휘청하며 한쪽 무릎이 돌바닥에 꺾였다. 호송병은 귀찮다는 듯 그를 감옥 바닥에 팽개쳤다.

"유대인의 왕? 지랄하네."

호송병은 목구멍 깊은 곳에서 침과 말을 함께 흙바닥에 뱉고 통로 저편으로 사라졌다. 마티아스는 철창 사이로 팔을 뻗어 그를 흔들었다. 피와 땀이 엉겨 뻣뻣해진 사내의 머리카락은 너덜거리는 넝마 조각 같았다. 기진맥진한 그는 마티아스를 알아보지 못했다. 마티아스는 경비병에게 물 한 모금을 청했다.

"필요 없어. 어차피 죽을 놈이야. 날이 밝는 대로 로마 총독 앞으로 끌려 갈 테니까……."

총독 앞으로 끌려간다는 말은 공개 재판을 받는다는 말이고 그 말은 죽음의 언덕으로 가게 된다는 의미였다. 마티아스는 굳은살이 박힌 자기 손바닥을 물끄러미 들여다보았다. 망치 소리와 함께 굵은 못이 뚫고 들어올 손바닥을. 경비병이 못마땅한 표정으로 창살 사이로 나무 물그릇을 들여보냈다.

등 뒤에서 희미한 신음 소리가 들렸다. 예수가 마른 입술을 달싹였지만 무슨 말인지 알아들을 수는 없었다. 마티아스는 생각했다. 역시 그는 메시아가 아니다. 저렇게 얻어터지고 피 흘리고, 모욕당한 채 죽어가는 메시아는 없을 테니까…….

마티아스는 소맷자락을 찢어 경비병이 건네준 물그릇에 적셨다. 그리고 철창 너머로 손을 뻗어 예수의 얼굴에 말라붙은 피딱지를 닦아냈다. 젖은 천이 마른 입술에 닿자 예수는 부은 눈을 떴다. 깊이를 알 수 없는 어둑한 그의 눈길이 마티아스의 몸에 와 닿았다. 불안과 고통이 차례로 빠져나가고 그 자리에 평안이 들어차는 기분이었다.

마티아스는 기가 막혔다. 눈두덩은 부어터지고 입술은 찢어지고 온몸은 멍투성이에다 제 몸조차 가누지 못하는 메시아의 축복이라니. 물론 그가 진정한 메시아일 리는 없었다. 그럼에도 눈앞에 닥친 죽음의 두려움을 이겨낼 수 있다면, 그렇게 잠깐의 위안을 얻을 수 있다면 어이없는 착각마저 진실로 믿고 싶었다. 그는 예수가 군중들에게 했다는 설교의 한 구절을 떠올렸다.

'하나뿐인 하나님의 아들이 사람의 아들로 왔으니 그가 흘린 피로 인간의 죄를 씻을 것이다.'

다른 사람의 죄를 대신해 죽는다는 것이 가능할까? 만약 누군가가 죄를 대신해 죽으면 그 죄가 사라질까? 마티아스는 고개를 가로저었다. 누구나 지은 죄가 있으면 자기가 갚아야 한다는 것, 사람을 죽인 자는 죽어야 되고 남의 눈에 눈물 흘리게 한 놈은 제 눈에서 피눈물 흘려야 한다는 것,

그 사실을 피하려 해서도 안 되고 피할 수도 없다는 것. 그것이 그가 아는 율법이었다. 사람을 죽였으니 죽임 당하는 것이 공평한 처사였다.

복도 저편에서 저벅거리는 발자국 소리가 들려왔다.

"저들이 오고 있다. 날이 밝았어."

마티아스는 흙벽에 기대었던 등을 떼어 반듯이 앉으며 중얼거렸다. 죽을 날이 다가왔다는 뜻이었다.

"하지만 그 전에 눈 좀 붙여야겠어. 그렇지 않으면 당장 죽을 것 같아."

그는 흙벽에 기대어 눈을 감았다. 그는 자신의 죽음 이후에 다가올 세상을 생각했다. 군중들은 한 명의 살인자가 심판을 받았으며 세상이 조금 더 안전해졌다는 생각에 환호할 것이다. 복수심이나 증오심으로라도 죽은 그를 기억할 사람은 없을 것이다. 그는 죽은 사람으로 기억되는 것이 아니라 아예 존재하지 않는 사람이 될 것이다.

50

정오에 이른 태양이 머리 위에 걸려 있었다. 해골 언덕을 오르는 길가에 코를 흘리는 아이들과 머리카락이 푸석한 여인들이 몰려들었다. 모두가 거짓 선지자와 두 살인자를 가까이에서 보기 위해 아우성이었다. 다급한 발걸음이 군중 사이를 빠져나갔다. 검은 옷자락 아래 가늘고 흰 발목이 언뜻 보였다. 머릿수건을 깊게 눌러쓴 여인은 잰 걸음으로 해골 언덕 중턱의 복잡한 골목을 걸어갔다. 허름한 돌집 앞에 발길을 멈춘 여인은 불안한 눈빛으로 뒤를 살피고는 조심스럽게 문을 두드렸다. 문이 열리자 여인은 빨려들 듯 문 안으로 사라졌다.

"어떻게 되었어? 선생님은?"

한 남자가 퀭한 눈으로 물었다. 초조함을 참지 못하고 좁고 어두운 실내를 오가던 그는 의자에 발부리가 걸리자 벌컥 화를 내며 탁자를 걷어찼다. 창을 가린 검은 천이 살짝 나부끼며 비쳐든 빛에 사내들의 얼굴이 드러났다. 불안한 눈으로 창 너머 거리를 기웃거리는 베드로와 그의 동생 안드레, 그리고 야고보와 빌립보, 마태와 도마였다. 그녀가 검은 머릿수건을 벗어 들고 대답했다.

"재판을 진행하던 빌라도는 선생님을 헤롯궁으로 보냈어요. 갈릴리인의 범죄는 갈릴리 왕인 안티파스가 심판하라면서요. 제 손에 피를 묻히지 않겠다는 거겠죠. 하지만 안티파스는 선생님을 다시 안토니 요새로 돌려보냈어요. 빌라도는 군중들에게 열심당원 바라바와 예수 중 누구를 풀어주기를 원하는지 물었어요. 군중들이 바라바를 외치자 빌라도는 결국 선생님께 십자가형을 선고했어요."

사내들은 탄식을 터뜨렸다. 덩치 큰 야고보가 화를 참지 못하고 탁자를 내리쳤다. 그는 털끝만큼의 저항도 없이 굴복하고 만 스승의 무능력을 도저히 받아들일 수 없었다.

"그럴 리 없어. 그분이 가버나움과 가나와 갈릴리 곳곳에서 보여주신 기적은 어디로 갔지? 물을 포도주로 만들고 죽은 자를 살리고 물 위를 걷던 능력은?"

야고보는 지금이라도 스승이 기적을 다시 보여줄 것을 믿고 싶었다. 묶인 손을 풀고, 로마 병사의 칼을 빼앗아 빌라도의 모가지를 자르고 여호와의 나라가 왔음을 선포해주기를……. 그러나 마리아는 그의 기대를 매몰차게 허물어뜨렸다.

"기적은 일어나지 않을 거예요."

야고보가 거친 목소리로 소리쳤다.

"선생님 앞에서는 교태를 흘리다가 이 지경이 되니까 본색을 드러내는군. 당신은 기적을 일으키는 메시아께서 저렇게 돌아가시기라도 한다는 거야?"

마리아는 그의 거무죽죽한 입술을 바라보며 말했다.

"그래요. 당신은 믿지 못하겠지만 선생님은 돌아가실 거예요."

"그럼 기적은? 구원은?"

"선생님이 돌아가시는 것이 기적이에요. 선생님은 돌아가심으로써 기적을 보이고 구원을 이루실 거예요."

어두운 구석에서 언쟁에 귀 기울이고 있던 도마가 무너지듯 털썩 주저앉았다.

"그분이 우리를 구원하실 메시아라고 여기며 장사고 뭐고 때려치우고 따라왔는데…… 지금 보니 그는 자신조차 구하지 못했어. 내가 잃어버린 것은 어디서 보상받아야 할까? 나의 행상 물건과 거래상, 손님, 그동안 모은 돈…… 모두 끝났어. 우린 모래 위에 성을 지은 거야."

도마는 무너진 꿈의 잔해에서 피어오르는 연기에 질식한 듯 가쁜 숨을 내쉬었다.

"모든 것을 주님께 바쳤다고? 거짓말 마. 도마. 당신은 모든 것을 바치지 않았어."

마리아가 바닥에 널브러진 도마에게 말했다. 도마는 적의를 담은 눈빛으로 마리아를 쏘아보았다.

"당신은 몰라. 내가 그분을 얼마나 끔찍이 모셨는지…… 나는 온 나라를 돌며 번 돈을 몽땅 제자단에 헌납하고 그분을 따랐어. 그런데 지금 내 꼴은 가진 것 하나 없는 빈털터리에 신성모독자의 떨거지 신세일 뿐이야."

도마의 갈색 수염에 침이 튀었다. 마리아는 냉정을 잃지 않고 되받았다.

"그게 당신이 그분께 모든 것을 바치지 않았다는 증거야. 당신은 선생님을 두고 알량한 장삿속으로 거래를 했어. 행상 보따리에 지고 다니던 장신구와 생필품 대신 메시아의 권위와 그 이름을 팔았을 뿐이야. 굳은살 밴 발바닥으로 무거운 등짐을 지고 자잘한 물건을 파는 것보다 군중을 몰고 다니며 기적을 일으키는 메시아를 파는 편이 백 배 나았을 테니까."

"하지만 그토록 많은 군중을 불러 모은 건 내 덕이었어. 가는 곳마다 사람들을 끌어 모으고 분위기를 띄웠으니까……."

"그래. 물건 파는 당신 재주는 대단했지. 당신이 파는 기적과 복음이 부와 명예를 가져다 줄 것으로 믿었을 테니까. 메시아가 새로운 왕국을 세우는 날 평생 행상 보따리를 지고 떠돌아도 벌지 못할 돈과 권력을 움켜쥘 것으로 믿었겠지."

"그게 잘못이야? 내가 믿고 따르는 분이 메시아이길 원하는 것이 잘못이냐고?"

"잘못은 아니야. 하지만 기다리던 기적이 일어나지 않으니까 당신은 자신이 팔았던 물건이 가짜였다고 떠들고 있어. 그러고도 당신이 가진 모든 것을 바쳤다고 말할 거야?"

"지난 3년 동안 난 장사도 하지 못하고 여자도 가까이하지 못한 채 그분이 가는 대로 따라다녔어. 그런데……."

도마는 기둥에 뒷머리를 기댄 채 망연히 천장을 올려다보았다. 마리아가 말했다.

"더 많이 버렸는지 조금 버렸는지는 중요하지 않아. 모두가 그분을 두고 모든 것을 걸었으니까. 베드로와 안드레는 갈릴리에서 가장 큰 어장을 버리고 그분을 따랐어. 야고보와 요한은 또 어떻고? 갈릴리에서 다섯 손가락 안에 드는 부잣집 도련님들이 찢어진 신발을 신고 생채기 난 발바닥으로 그분을 따랐어."

듣고 있던 베드로가 검은 눈동자를 번들거리며 마리아를 노려보았다.

"그러는 당신은 그분께 뭘 바쳤어? 아무것도 없었지. 당신은 그분께 멍에가 될 뿐이었어. 사람들에게 그분을 깎아내릴 조롱거리만 제공했다고."

베드로의 목소리에는 경멸이 담겨 있었다. 마리아는 길게 숨을 내쉬며 베드로를 돌아보았다.

"그래요. 나는 천한 여자예요. 사람들은 나에게 침을 뱉고 돌을 던지고 피해 다니죠. 하지만 난 당신처럼 비겁하진 않아요."

베드로의 두 눈이 흔들렸다. 안드레가 형을 대신해 발끈했다.

"온갖 위험을 무릅쓰고 가장 가까운 곳에서 선생님을 모신 수제자더러 비겁하다고?"

"그래요. 그는 비겁해요. 그뿐만 아니라 우리 모두!"

"어째서?"

"며칠 전 영광스럽게 예루살렘에 입성하던 날만 해도 우린 자신들이 메시아인 양 의기양양했지요. 곧 구원이 오기나 할 것처럼……."

"사실이 그랬으니까. 선생님께서 성전의 장사꾼을 내쫓을 때, 바리새인과 사두개인에게 벼락처럼 호통을 치실 때 우리 모두 곧 왕국이 건설될 것으로 생각했으니까. 우리가 꿈꾸는 세상을 기다리는 게 잘못인가?"

"그때 의기양양했던 사람들은 지금 어디 있죠? 맨 앞에 나섰던 유다는 그분을 팔아 넘기고 돈주머니를 챙겨 달아났어요. 다른 제자들은 두려움에 질려 뿔뿔이 흩어졌죠. 그리고 여기 당신들은 의기양양했던 그 제자들이 아니라 나약하고 두려움에 질린 비겁자일 뿐이에요."

그때 열기로 텁텁한 다락방 문이 벌컥 열렸다. 땀과 눈물이 범벅된 소년이 숨을 헐떡이며 집 안으로 뛰어들었다. 야고보의 심부름으로 오전 내내 예루살렘 시내 상황을 살피고 돌아온 요한이었다. 제자 중 가장 어려 로마군이나 성전 수비대에 들킬 염려가 적기 때문이었다.

소년은 야고보가 따라주는 물을 벌컥벌컥 들이켰다. 방 안의 모든 눈이 소년의 입술을 주시했다.

"유다가 죽었어요!"

요한이 말했다. 베드로는 얼이 빠진 표정이었고 안드레는 털썩 주저앉았다.

"선생님을 팔아넘긴 놈이 죽다니? 차근차근 말해봐. 요한!"

야고보가 요한의 어깨를 두 손으로 쥐고 흔들었다. 요한은 가까스로 숨을 고르고 대답했다.

"사람들이 수근거렸어요. 날이 밝자마자 유다는 선생님을 팔아넘긴 대가로 받은 은화 30냥을 땅바닥에 뿌리치고 울면서 떠났는데 정오 무렵 예루살렘 성벽 너머 바위산에서 자기 허리띠를 풀어 나뭇가지에 목을 맸대요. 그가 고통스럽게 버둥거리다가 나뭇가지에서 떨어져 숨이 끊어지는 것을 본 사람이 있대요. 군중이 선지자를 팔아 넘긴 죄인이라며 그의 시체를 끌고 시내를 돌아다니고 있어요."

실내는 찬물을 끼얹은 듯한 침묵에 빠졌다. 마리아가 다급하게 물었다.

"선생님은? 선생님은 어떻게 되셨어?"

"선생님은 머리에 가시관을 쓰셨어요. 로마병사가 선생님의 옷을 찢고 채찍질을 했어요. 선생님은 형틀을 메고 자신을 조롱하고 모욕하는 군중 사이로 해골언덕을 오르고 계셔요. 한 걸음, 한 걸음…… 느리지만 확실하게…… 두려워서 더 이상 볼 수가 없었어요."

요한은 두려웠다고 말했지만 그 감정은 두려움이 아니었다. 피 흘리고, 채찍질 당하고, 상처 입은 스승의 모습은 혐오감을 불러 일으켰다. 무력감이 그 뒤를 이었고 두려움과 불안, 증오와 분노가 뒤따라왔다. 거의 벌거벗은 스승의 피투성이 몸은 무너지고 찢긴 나약한 인간에 불과했다.

"이대로 있을 수는 없어요. 선생님을 저대로 내버려둘 수는 없다구요."

마리아가 좌중을 돌아보며 말했다. 누구도 입을 열지 않았다.

"그래요. 말은 필요 없어요. 지금은 말이 필요할 때가 아니라 행동이 필요한 때니까."

마리아가 다시 소리쳤다.

"무슨 행동? 해골언덕으로 가는 선생님을 대신해 십자가라도 짊어져야 한다는 건가? 아니면 선생님을 대신해 십자가에 못박히기라도 해야 한다는 건가?"

베드로가 버럭 항변했다.

"그럴 수만 있다면 그렇게 해야죠. 선생님을 대신해 십자가에 못박히든가, 적어도 십자가를 대신 메기라도 해야죠. 그것도 못한다면 그분의 마지막 길을 뒤따르기라도 해야죠."

"우리 모두 개죽음을 당하자고? 분별없이 바깥으로 나섰다가 모두 함께 십자가에 매달리자고?"

"당신들은 유다를 욕할 자격이 없어요. 위기에 빠진 선생님을 피에 굶주린 개떼에게 맡겨둔 채 쥐구멍에 틀어박혀 목숨이나 걱정하고 있으니까요."

"지금은 할 수 있는 게 없어. 상황을 지켜보면서 현명한 방법을 생각해야 할 때라고."

마리아가 대꾸했다.

"유다는 스스로 목을 매는 용기라도 있었어요. 하지만 당신들은 그럴 용기조차 없군요."

베드로의 얼굴이 일그러졌다. 그는 수치스러웠다. 육체적 통증을 느낄 정도로 수치스러웠다. 그는 새벽닭이 울기 전 어둠 속에서 세 번씩이나 스승을 모른다고 부인했던 사내가 자신이 아니었기를 간절히 기도했다. 그러나 유약한 배신자, 세 번씩이나 스승을 부인한 변절자는 다른 누구도 아닌 자신이었다. 그는 마리아가 그 사실을 알고 있다는 것을 알았다. 마리아가 그 사실을 알면서도 모른 척한다는 것도. 그의 수치심은 지독한 자기혐오로 변했다. 그는 침묵이 알량한 자존심을 그럴듯하게 포장해주길 바라며 아무 말도 하지 않고 있었다. 그때 양피지에 무언가를 끼적이던 마태가 입을 열었다.

"그래. 마리아. 우리 모두는 약하고 두려워하는 인간이야. 두려움을 모르면 인간이 아니지."

"두려워하는 것도 인간이지만 두려움을 이기는 것도 인간이에요. 여호와는 우리에게 두려움을 주셨지만 두려움을 이길 힘도 주셨어요."

마리아는 한 마디 한 마디를 힘주어 말하며 제자들을 둘러보았다. 공허와 허무에 빠진 눈빛과, 창백하게 얼어붙은 얼굴과, 긴장감으로 바짝 마른 입술과, 가늘게 떨리는 손끝과, 불안하게 서성이는 발자국을. 마리아는 결심한 듯 벌떡 일어섰다.

"밖은 위험해요. 마리아! 골목마다 로마군인들이 쫙 깔렸고 밀정들이 예수님 추종자들을 찾기 위해 혈안이 되어 있어요."

요한이 울먹였다. 마리아는 길고 흰 손가락으로 땀과 눈물이 말라붙은 소년의 붉은 뺨을 쓰다듬었다.

"내 걱정은 마. 요한. 나는 선생님이 계신 곳에 함께 있겠어. 여호와께서 날 지켜주실 거야. 너는 그렇게 될 것을 믿지?"

요한의 손을 놓고 마리아는 검은 머리포를 깊이 눌러 썼다.

"당신들에게 비겁하다고 말한 건 미안해요. 하지만 그건 사실이에요. 당신들은 비겁하지만 나쁘지는 않아요. 여호와께서 당신들에게도 용기를 주실 거라고 믿기 때문이에요."

마리아는 낮은 문을 열어젖혔다. 눈부신 빛이 쏟아져들어왔다. 그녀는 검은 겉옷 자락을 날리며 빛 속으로 걸어나갔다. 제자들은 강렬한 빛에 눈이 부셔 얼굴을 피했다.

51

안토니 요새에서 북쪽으로 이어진 가파른 길은 뙤약볕에 뜨겁게 달아올랐다. 바람이 불면 누런 모래먼지가 날아오르는 언덕 길. 그 길이 끝나는 곳에 해골의 언덕이 우뚝 서 있다.

각자의 형틀을 멘 그들은 가느다란 띠처럼 먼지와 바람 속으로 나아갔다. 마티아스는 저만치 오르막을 오르는 예수의 뒷모습을 바라보았다. 한 걸음 한 걸음을 힘겹게 내딛는 그의 발밑에서 마른 먼지가 풀썩였다. 형틀에 짓눌린 어깨가 너무나 연약해 보였다. 채찍을 든 병사와 검은 옷을 입은 여인들이 그의 뒤를 따랐다. 죽음 끝까지라도 따를 것 같았던 그의 제자들은 보이지 않았다.

베드로와 안드레와 야고보, 그리고 도마와 유다는 어디에 있을까? 그래. 그 잘난 제자들은 제 목숨을 걱정하는 쥐새끼들에 불과했어. 그런 자들을 데리고 세상을 구원하려 했다니 바보 같으니라고. 만약 당신이 진짜 메시아라면 놈들이 꺼져준 게 잘된 일이야. 비록 십자가를 끌고 해골언덕을 오르고 있지만 내가 뒤를 따르고 있으니까. 나는 부끄러움을 아는 인간이니까. 부끄러움을 모른다면 아무것도 아니지.

마티아스는 인간의 나약함을 경멸하는 것으로 스스로를

위로했다.

길옆에는 군중들이 몇 겹으로 밀려들었다. 순례자들, 장사꾼들, 로마군인들, 바리새인들, 알렉산드리아인들……. 함성은 점점 고조되었다. 고함과 욕설이, 이어서 주먹만 한 돌멩이가 이마로 날아들었다. 눈앞에 불꽃이 튀고 끈적한 것이 흘러내렸다. 길은 돌부리와 먼지 때문에 걷기에 불편했다.

예수는 휘청거리기도 하고 발목을 접질리기도 하며 앞으로 나아갔다. 무거운 형틀을 떠받치느라 기울어진 몸의 균형을 잡기 위해 그의 걸음은 갈지 자로 헝클어졌다. 그러다 어느 순간 무릎이 푹 꺾였다. 처음에는 곧 일어났지만 두 번, 세 번째부터는 점점 행동이 굼떠졌다. 겨우 떼어놓은 발걸음조차 몇 걸음 못 가 들쭉날쭉 흐트러졌다. 그의 무릎은 깨어지고 팔꿈치와 어깨는 쓸려나갔다. 찢어진 옷자락에 피가 배었다.

마침내 형틀의 무게를 견디지 못한 그는 벌목 당한 나무처럼 길바닥에 무너졌다. 병사들이 채찍을 휘두르며 군중을 진정시켰다. 마티아스는 잠시 발걸음을 늦추었다. 어디선가 공기를 가르는 소리와 함께 채찍이 날아들었다. 불꽃에 덴 듯한 고통이 등짝에서 전신으로 퍼졌다. 마티아스는 넘어지지 않으려고 안간힘을 썼지만 몸은 더 이상 그의 말을 듣지 않았다. 혼미한 의식 속에서 어떤 목소리가 들렸다.

"마티아스!"

마티아스는 흐린 눈을 어깻죽지로 닦고 소리 나는 곳을 보았다. 성난 얼굴들 사이로 마리아의 얼굴이 환영처럼 떠올랐다. 검은 머리 수건을 깊게 눌러 쓰고 검은 옷을 입은 그녀는 금방 사라질 것 같았다. 꿈을 꾸는 것인가? 헛것을 보고 있는가?

마티아스의 가슴속에서 불현듯 삶에 대한 욕망이 솟구쳤다. 살아서 그녀와 더 많은 시간을 보내고, 더 자주 웃고 싶었다. 그녀 옆에서는 더 착한 사람, 더 나은 사람, 더 행복한 사람이 될 수도 있을 것 같았다.

그 순간 마티아스는 깨달았다. 그동안 그녀를 의심하고 원망하고 걱정하고 안도했던 그 모든 감정들의 원천이 다른 무엇도 아닌 사랑이었다는 것을. 짧은 생만큼이나 짧은 사랑이었지만 아쉽거나 억울하지 않았다. 그것이 구차한 삶이 그에게 건넨 가장 귀한 선물이었으니까.

로마군 호송병이 다가오는 그녀를 방패로 거칠게 떠밀었다. 하지만 그녀는 아랑곳 않고 그들을 되밀며 나아갔다. 수많은 군중들의 야유를 뚫고 다가오는 그녀의 얼굴에는 두려움이 없었다. 그녀의 아름다움이 외모가 아닌 당당함에서 온다는 것을 마티아스는 비로소 알 것 같았다.

이전의 그였다면 비난에 맞서는 여자를 혐오하고 경멸했을 것이다. 그러나 굳건한 믿음에 뿌리를 둔 그녀의 의연함은 마티아스를 변화시켰다. 자신의 믿음과 행동에 흔들림 없는 의연함이 마티아스가 사랑한 그녀의 모습이었던 것이다.

마티아스는 마른 입술을 달싹이며 그녀를 바라보았다. 그녀가 자신을 모른 척하기를 원했다. 고통 때문에, 절망 때문에 그녀에게 초라한 모습으로 비칠 것이 걱정스러웠다.

"더러운 여자가 살인자에게 다가가고 있다."

군중들이 주먹을 흔들며 야유했다. 마리아의 얼굴을 알아본 한 사내가 소리쳤다.

"저 음탕하고 교활한 여인이 사내들을 홀렸다. 저 살인자뿐만 아니라 앞서가는 거짓 선지자도 저 계집에게 홀린 거야."

그녀는 소음 속으로, 비난과 욕설 속으로 나아갔다. 군중은 차가운 시선으로 그녀의 다음 행동을 주시했다. 그녀는 가슴에 품었던 작은 도자기 물병을 마티아스에게 건넸다. 땀과 피로 범벅된 마티아스는 당장 물병에 달려들고 싶었다. 하지만 그는 자신으로 인해 그녀가 위험에 처하기를 원하지 않았다.

망설이는 그에게 그녀가 재차 물병을 내밀었다. 더 이상은 저항할 수 없었다. 갈증이 그를 가만히 내버려두지 않았다. 그는 허겁지겁 물병을 입으로 가져갔다. 그리고 지상에서 마지막이 될지 모를 물 한 모금을, 그 달콤함을 들이켰다.

그녀는 한 번도 만났던 적 없는 사람처럼 마티아스를 바라보았다. 그녀의 눈길이 닿은 곳마다 새살이 돋는 것 같았다. 그녀는 물에 적신 깨끗한 아마포로 땀과 침으로 얼룩진 그의 얼굴을 닦았다. 찢어진 눈두덩을 톡톡 두드리고 멍든 뺨을 살살 문질렀다. 이마에 엉겨 붙은 머리카락을 쓸어올리고 돌멩이에 터진 상처에서 피딱지를 닦아냈다.

마티아스는 여기가 아닌 다른 곳에서 그녀를 바라보고 싶었다. 이렇게 많은 사람들이 쳐다보지 않는 곳, 욕설과 함성이 들리지 않는 곳, 병정들이 채찍을 휘두르지 않는 곳. 이곳이 바람에 조용히 흔들리는 올리브 숲이라면, 따뜻한 바람이 물결을 몰아와 기슭에 부려놓는 호숫가라면, 가물거리는 등잔불 그림자가 파득거리는 다락방이라면. 그곳에서 그녀의 흰 손을 가만히 잡아도 좋으리라. 그 손에 뺨을 기대고 잠시 숨을 돌릴 수도 있으리라.

마티아스는 말을 포기했다. 어떤 말로도 자신의 감정을 표현할 수 없었다. 대신 아직 남아 있는 삶에, 그녀를 마주하고 있는 그 순간에 집중했다.

시간은 남아 있었다. 아직은 벗겨진 어깨와 물집 잡힌 손바닥에서 고통을 느낄 수 있고, 사랑하는 여인을 바라볼 수 있다. 언덕에 올라서면 무거운 십자가를 내려놓고 시원한 바람을 맞으며 아래를 내려다볼 수도 있을 것이다. 죽음은 그 이후에나 찾아올 것이다.

"저 연놈이 대낮에 사람들이 보는 앞에서 음탕한 짓을 하고 있다!"

노기 띤 군중의 함성이 터져나왔다. 병사 하나가 몽둥이로 마티아스의 어깨를 후려쳤다. 그는 안간힘을 다해 무릎을 곧추세웠다. 병사들이 방패로 방어막을 치고 몰려드는 군중을 막았다. 당황한 호송병이 마리아의 팔뚝을 움켜잡아 마티아스에게서 뜯어냈다.

마티아스는 손을 내밀어 그녀의 따뜻한 손끝을 다시 느끼고 싶었다. 하지만 그녀에게 가닿는 건 공허한 눈빛이 전부였다. 두 눈빛은 텅 빈 허공에서 얽혔다. 시간이 얼마나 빠르게 흐르는지, 아니면 얼마나 느리게 흐르는지 알 수 없었다. 눈앞의 모든 색깔과 형태가 흐릿하게 뭉그러졌다.

행렬은 이동을 계속했다. 공기를 가르는 채찍 소리에 마티아스는 자신도 모르게 몸을 움츠렸다. 불에 덴 듯한 통증이 골수를 파고들었다. 발밑의 땅바닥이 한없이 가라앉는 것 같았다. 그는 무엇이든 디딜 만한 것을 찾아 발끝을 더듬거렸고 발밑의 땅을 부여잡기 위해 발가락에 힘을 주었다.

회색빛 하늘 아래 흥분한 군중들이 쳐든 주먹이 들쭉날쭉 보였다. 건장한 젊은 사내 하나가 예수의 거대한 형틀을 대신 떠메고 있었다. 군중들은 힘이 장사라고 소문난 키레네 사람 시몬의 이름을 불러댔다. 마티아스는 예수가 부러웠다. 거짓 선지자이든 죄 없는 희생양이든 그에겐 대신 형틀을 메어줄 누군가가 있으니까.

그러나 그는 곧 생각을 바꾸었다. 누구든 자신의 형틀은 자기가 메고 가야 한다고. 누구도 다른 사람의 죄를 대신할 수는 없다고.

52

언덕에 오르자 사나운 바람이 사정없이 몰아쳤다. 빛을 잃은 해가 창백한 하늘에 걸려 있었다. 커다란 까마귀들이 좁은 하늘을 빙빙 돌았다. 여기저기 가시덤불이 굴러다니고 부러진 뼛조각이 반짝였다. 병사들은 바쁘게 언덕 위를 오가며 형틀을 손보고 형구를 챙겼다. 병사 몇이 구덩이에 형틀을 고정시킬 바위를 옮기느라 고함을 질렀다.

바람이 불자 예수의 옷자락은 찢어진 깃발처럼 날렸다. 그의 머리는 헝클어지고 이마는 찢어졌으며 광대뼈에는 멍이 들어 있었다. 그의 눈에는 죽음을 앞둔 사람의 두려움이 없었다. 마치 이 땅의 삶이 아니라 죽음 너머의 삶을 보는 것 같았다. 그는 저 무거운 형틀이 보이지 않는단 말인가? 병사들의 손에 들린 망치와 긴 쇠못이 보이지 않는단 말인가? 그것을 보고도 어떻게 아무렇지도 않을 수 있단 말인가?

마티아스는 죽음을 두려워하지 않았다. 적어도 스스로는

그렇다고 여겼다. 동료들이 피투성이가 되어 쓰러져가는 전쟁터 한복판에서도 자신만은 죽음을 피할 거라고 믿었다. 그러나 죽음 앞에 선 지금 그는 그것이 무모한 만용이었음을 깨달았다. 그는 죽음이 두려웠기 때문에 그렇지 않은 척했고 두려움과 어떻게 맞서야 할지 몰랐기에 외면해 왔다. 결국 그가 두려워한 것은 죽음 그 자체가 아니라 죽음을 두려워하는 자신이었던 것이다.

모래바람 속을 바쁘게 오가던 병사들이 대오를 이루며 모였다. 형틀을 세울 구덩이를 확인한 십인대장이 죄인을 끌고 오라고 소리쳤다. 병사들은 조를 나누어 세 명의 죄수를 각자의 형틀로 이끌었다.

바람이 더욱 거세게 불었다. 병사가 쇠망치를 치켜 올렸다. 쾅 하는 소리와 동시에 불덩이 같은 고통이 손바닥을 찢었다. 차가운 쇠못의 촉감이 뼛속으로 파고들었다. 적막 속으로 아련한 망치 소리가 이어졌다.

병사들이 달려들어 십자가를 구덩이에 세웠다. 검은 하늘이 눈앞을 휙 스치더니 몸이 공중으로 솟구쳤다. 마티아스는 극에 달한 고통을 더 이상 느끼지 못했고 두려움조차 무심해졌다. 그는 죽음을 자신이 아닌 다른 누군가의 것인 양 물끄러미 지켜보고 싶었다. 심지어 자신이 이미 죽었으며 그 죽은 자에 대해 모른다고 말하고 싶었다.

까마득하게 낮은 땅에서 로마병사들이 고개를 들고 십자

가를 올려다보고 있었다. 바쁘게 오가는 병사들 사이에 엎드려 있는 한 남자가 어슴프레하게 보였다. 자기 옷을 찢으며 울부짖는 테오필로스의 얼굴은 수십 가지 감정으로 일그러져 있었다.

발목뼈에 못이 박힌 더러운 맨발 아래 먼지에 휩싸인 예루살렘이 펼쳐졌다. 성전과, 저택들과, 안토니 요새와, 가난한 자들이 바글거리는 시장과 더러운 골목…… 그가 태어났고 자랐고 사람을 죽였던 도시. 다시는 돌아오지 않을 것처럼 떠났다가 다시 돌아온 도시. 그토록 달아나고 싶었지만 결국 떠나지 못한 도시.

그때 마티아스의 반대편 십자가에서 날카로운 고함이 들렸다.

"나사렛 예수! 네가 하나님의 아들이라면 지금 당장 우리를 이 십자가에서 내려라. 아니 너 자신만이라도 이 십자가에서 내려가봐. 그러면 네가 정녕 신의 아들일 것이다!"

강철 같은 피슈카르의 비명은 저주로, 울부짖음으로 바뀌었다. 악랄한 살인자의 입에서 나온 말이 마티아스는 꼭 마음에 들었다. 인정하고 싶지 않았지만 그 말이 자신의 마음을 더없이 정확하게 드러냈기 때문이었다. 예수가 자신을 십자가에서 내려준다면, 아니, 스스로 십자가에서 내려간다면 그에 관한 모든 것을 믿을 수 있을 것이다. 의심하고 부정하고 공박하면서도 사실이기를 원했던 모든 말들을.

그는 예수가 어떤 대답이든 하기를 원했다. 그 대답을 듣고 싶었다. 어떤 대답인지는 상관없었다. 어떤 말이라도 해준다면 그 말을 믿고 싶었다. 그의 거짓말, 그의 사기, 그의 초라함, 그의 나약함, 그의 무능력까지도 믿을 것이다. 그러나 예수는 아무 대답도 하지 않았다. 수많은 채찍질과 불면으로 그는 기진맥진한 상태였다. 그는 가시면류관을 쓴 머리를 떨군 채 자신의 고통을 견딜 뿐이었다. 마티아스는 온몸의 힘을 짜내 겨우 소리쳤다.

"네가 십자가에 매달려서도 여호와를 두려워하지 않느냐? 우리는 우리가 저지른 죄에 대한 벌을 받으니 이 고통이 당연하다. 하지만 저분이 한 일에는 죄가 없다."

빛을 잃은 태양이 십자가 너머에 창백하게 걸려 있었다. 마티아스는 좋은 것, 아름다운 것, 행복한 것을 생각하기 위해 안간힘을 썼다. 세수를 하고 난 아이처럼 말간 예루살렘의 이른 아침, 감람산의 향기를 싣고 불어오는 바람, 어쩌다 내리는 빗줄기에 가라앉는 먼지 냄새, 햇살 속에 하얗게 빛나는 성전의 까마득한 보루와 길게 드리워진 행랑 그늘, 저녁나절 골목마다 들려오던 아이들의 웃음소리, 어둠 속에 따뜻하게 빛나던 다락방의 불빛. 제기랄. 이렇게 아름다운 것들이 왜 이제야 생각나는 거지? 마티아스는 마른 입술을 비집고 웃으며 혼잣말처럼 예수에게 말했다.

"행복한 것 같은데 짜증이 나요. 왠지 알아요? 세상이 아름답고 삶이 소중하단 걸 알게 되어 다행인데 그게 삶이 끝나는 바로 지금이라서요. 아름다움과 소중함이 날 저버렸다는 생각이 들어요. 생각해보면 삶이 날 저버린 것이 아니라 나 자신이 삶을 저버린 거겠죠? 여기 매달려 있으니까 뜬구름 잡는 소리 같았던 당신의 말을 어렴풋이 알 것도 같아요. 왜 진실이 그토록 중요한지, 왜 가진 것 없고 버림받고 외로운 사람들에게 사랑이 필요한지, 왜 죄 없는 사람이 십자가에 매달려야 하는지."

마르고 터진 예수의 입술이 떨리듯이 움직였다. 그러나 그에게는 더 이상 말을 뱉어낼 기력조차 남지 않은 것 같았다. 마티아스는 남아 있는 힘을 다해 잠꼬대처럼 웅얼거렸다.

"당신의 나라에 임하실 때 나를 생각해주세요."

예수가 떨구었던 머리를 힘겹게 들었다. 가시관에 찔린 이마에서 흘러내린 피가 얼굴에 엉겨 붙었다.

"내가 진실로 네게 이르니 오늘 네가 나와 함께 낙원에 있을 것이다."

하늘이 낮게 다가왔다. 핏빛 구름이 언덕을 붉게 물들였다. 언덕 아래 예루살렘이 있었다. 죄와 정죄가 공존하는 도시, 여호와의 약속을 담은 율법의 도시. 피처럼 붉은 빛이 울창한 올리브 숲을, 먼지가 복닥거리는 거리를, 낮은 지붕들을, 지친 순례자들을 따뜻하고 안온하게 적셨다.

마티아스는 혼미한 의식으로 기적이 일어나기를 빌었다. 이 고통이 빨리 끝나기를. 검은 구름을 찢으며 빛과 천사가 나타나 이 형틀에서 자신을 끌어내려주기를. 그렇게 해서 살아날 수 있다면 그는 먼 훗날 누군가에게 지금의 이야기를 들려주고 싶었다. 나는 기적을 체험했노라고. 베다니의 나사로처럼, 야이로의 딸처럼, 어둠 속에서 죽어간 소녀들과 로마인처럼.

예수가 가까스로 떨구었던 고개를 들어 나직이 읊조렸다.

"나의 하나님, 나의 하나님…… 어찌 나를 버리십니까?"

십자가를 올려다보며 예수의 상태를 확인하던 로마병사가 옆 동료에게 물었다.

"저자가 뭐라는 거야?"

"몰라. 그냥 헛소리를 지껄이는 거야. 이제 거의 끝났어. 빨리 끝내고 돌아가서 뜨거운 물로 목욕이나 해야겠어. 그리고 포도주를 마실 거야. 잔뜩 취해야지."

나이가 좀 더 든 병사가 손으로 눈그늘을 만들어 예수의 표정을 살폈다. 젊은 병사가 십자가 아래로 다가서서 창끝으로 예수의 옆구리를 찔렀다. 창날에 벌어진 상처에서 피와 물이 흘렀다. 마른 모래땅이 흥건히 젖었다. 병사들은 허둥지둥 멀찌감치 달아났다.

마티아스는 가물거리는 정신으로 예수의 기도에서 이어지는 시편의 구절을 중얼거렸다.

"엘리 엘리 라마 사박다니…… 나의 하나님, 나의 하나님, 어찌 나를 버리십니까? 나의 하나님, 온종일 불러 봐도 대답 하나 없으시고, 밤새도록 외쳐도 모르는 체하십니까? 당신은 옥좌에 앉으신 거룩하신 분, 이스라엘이 찬양하는 분. 나는 사람도 아닌 구더기, 세상의 천덕꾸러기, 사람들의 조롱거리, 사람마다 나를 보고 비쭉거리고 머리를 흔들며 빈정댑니다. ……황소들이 떼 지어 에워쌌습니다. 으르렁대며 찢어발기는 사자들처럼 입을 벌리고 달려듭니다. 개들이 떼 지어 나를 에워싸고 악당들이 무리지어 돌아갑니다. 원수들은 이 몸을 노려보며 겉옷을 저희끼리 나눠 가지고 속옷을 놓고 제비를 뽑습니다. 여호와여, 나의 힘이여…… 도와주소서. 가련한 이 몸을 사자 입에서 빼내시고, 들소 뿔에 받히지 않게…… 보호하소서."

억지로 말을 짜내는 마티아스의 목에 푸른 핏줄이 불거졌다. 울컥대는 목줄기에 땟국물과 선혈이 흘렀다. 그의 얼굴에 미소가 떠올랐는지 그렇지 않은지 테오필로스는 보지 못했다.

"아버지…… 제 영혼을 아버지 손에 맡깁니다."

예수는 죽어가는 새처럼 목을 떨구었다. 마티아스는 예수의 낮은 목소리를 따라 입술을 달싹였다. 마른 입술 사이로 그 뒤에 이어지는 시편 구절이 흘러나왔다.

"이 목숨 당신께 맡기오니 건져주소서. 나를 또한 원수의 손에 넘기지 아니하고…… 넓은 땅에…… 마음대로 살게…… 하시…… 나이다.”

모든 것이 천천히 움직였다. 긴 오후가 흘러가고 있었다. 마티아스의 짧은 삶에서, 비루한 인간들의 긴 삶에서, 그중에서 가장 긴 오후.

A.D. 70년 10월

나는 지금도 알 수 없다. 마카베오 마티아스와 나사렛 예수. 십자가에 매달려 죽어가던 두 사내 중 누구를 바라보는 것이 더 고통스러웠는지.

다만 그들이 고통스런 비명을 지를 때, 더 이상 흘릴 땀조차 없는 목마름으로 목소리가 갈라질 때, 흘러내린 피와 땀이 이마에 하얀 소금 띠로 말라붙을 때, 조금씩 기력이 빠진 마른 몸이 아래로 처질 때, 못박힌 손바닥이 경련을 일으킬 때, 창에 찔린 옆구리에서 흐른 물과 피가 마른 땅을 적실 때 나는 사지가 절단되는 것 같은 고통을 느꼈다.

시중드는 소년이 나의 지팡이를 잡고 이끈다. 소년의 손은 작고 살갗은 보드랍고 손가락은 길다.

그날 해골 언덕의 처형 이후 나는 예루살렘을 떠났다. 죄 없는 자를 십자가에 못박아 죽인 비정한 도시에서 한시라도 빨리 도망치고 싶었다. 그 뒤 나는 지중해 연안을 떠돌며 평생을 보냈다. 알렉산드리아와 안티오키아와 테살로니키, 멀리 카파도키아 산맥과 그리스의 흰 백악질 섬과 사하라 모래언덕을 떠돌았다.

나는 지식을 사랑했고 그것을 위해 그토록 오래 정진했지만 이제 지식은 나에게 아무런 의미가 없다. 지식은 세상을 바꾸지 못했을 뿐 아니라 세상의 불합리함을 바로잡지도 못했다. 나는 음모에 빠진 그들에게 피난처를 제공하지 못했고 악한 자의 이빨에서 그들을 구하지 못했으며 그들이 죽어가는 것을 막지도 못했다. 내가 할 수 있었던 일은 이미 이 세상 사람이 아닌 그들이 그곳에서는 조금 덜 외롭고 조금 덜 고통스럽기를 바라는 것뿐.

나는 관념뿐인 지식을 경멸하는 냉소주의자가 되고 말았다. 죄 없는 자가 죽어가는 것을 막지 못하는 지식, 과거의 죄를 고백하고 참회하는 젊은 청년을 죽이는 지식이 더 이상 무슨 소용 있는가? 그럼에도 나는 아직 지식 언저리를 떠나지 못하였다. 세계의 암흑을 조금이라도 밝히고 인간의 야만을 약간이라도 바로잡을 도구는 여전히 지식뿐이라고 믿기에.

그들을 생각하면 나는 견딜 수 없는 자책감과 슬픔으로 무너졌다. 나는 그들을 잊고 싶었다. 나는 그들을 꿈속에서조차 보지 않기를 원했고 예루살렘이 있는 쪽을 쳐다보고 싶지도 않았다. 나는 그들을 알지 못하며 만난 적조차 없는 것처럼 나를 속이며 살아왔다. 기억은 벌레처럼 나의 영혼을 갉아먹었다.

그런데 놀랍고도 이상한 일이 일어났다. 예수가 죽은 지 사흘 만에 무덤에서 살아났으며 하늘로 승천하는 것을 보았다는 목격담이 들려오기 시작했다. 부활한 예수가 마리아와 제자들에게 차례로 모습을 드러냈고 도마는 예수의 손바닥에 난 못 자국과 창에 찔린 옆구리 상처를 만져보기까지 했다는 것이었다. 시리아 다마스쿠스에 머물고 있을 때 그 소문을 들은 나는 믿을 수 없었다.

소문은 엄청난 속도로 근동으로 퍼져가고 바다를 건너 로마까지 흘러갔다. 죽은 예수를 따르는 자들이 구름떼처럼 늘어났고 그의 가르침을 전하는 제자들이 사방으로 퍼져갔다. 자살한 유다와 헤롯에게 죽임을 당한 야고보를 제외한 제자 대부분은 각지로 나가 예수의 가르침을 전했다.

테살로니키에 머물던 시절 나는 베드로를 잠시 만난 적이 있다. 그때 그는 내가 알던 그 사람이 아니었다. 그는 더이상 과격하지도 두려움에 사로잡혀 있지도 않았다. 그는 침착하고 의연했으며 굳은 신념으로 가득 차 있었다.

베드로뿐만 아니었다. 의심 많고 불안정하고 과격하던 제자들이 굳은 신념으로 무장하고 곳곳으로 나아가 예수의 가르침을 전하고 있었다. 안드레는 아가야 지방으로, 요한은 에베소를 비롯한 근동으로 갔고 바톨로메오는 아르메니아로 향했으며 도마는 페르시아 지방까지 나아갔다.

예수의 삶과 죽음, 그리고 그의 가르침에는 사람을 변화시키는 힘이 있었다. 겁쟁이에게 사자의 용감함을, 말더듬이에게 확신에 찬 또렷한 음성을, 의심 많은 자에게 믿음을, 슬픔을 안은 자에게 기쁨을 주었다. 무엇이 두려움과 격정에 휘둘리던 베드로와 제자들을 그토록 강인한 인물로 탈바꿈시켰을까? 나는 그것이 어떤 강렬한 믿음 때문이라는 것을 알게 되었다.

확실히 예수는 다시 살아나고 있었다. 분명 내 눈으로 그의 죽음을 보았으면서도 언제부터인가 나는 그의 죽음을 믿을 수 없게 되었다. 그는 부활했을 뿐 아니라 처음부터 죽지 않았을지도 모른다는 생각까지 들었다.

예순을 앞둔 어느 날 로마의 한 집회에서 나는 베드로를 다시 만났다. 검었던 머리카락은 반백이 되고 주름이 늘었지만 그의 눈동자는 열정으로 빛났다. 그 자리에 모인 추종자들 앞에서 그는 자신이 목격한 예수의 기적을 증거했다. 그날 나는 그로부터 세례를 받았다. 차가운 성수가 이마에 닿았을 때 나는 내가 죄인임을 고백했고 나의 죄를 사함 받았다고 확신했다.

그 순간 한 사내의 얼굴이 떠올랐다. 그날 예수와 함께 십자가에서 피 흘린 또 한 명의 사내. 그 자신이 살인자인 채 살인자를 쫓았지만 누구도 기억하지 않는 청년. 그는 진실로 자기 죄를 참회하고 고백하였지만 용서받지 못한 채 십자가에 매달렸다.

이제야 나는 내가 왜 늙은 몸을 이끌고 이 무너진 성읍으로 왔는지를 깨닫는다. 그것은 이 언덕에서 죽어간 그 청년을 기억하기 위해서이다. 내가 아니면 누구도 기억하지 않을 청년 마티아스를.

그는 구원받았을까? 아마 그럴 거라고 나는 생각한다. 어쩌면 그렇지 않을지도 모른다. 그는 용서를 구하지도 속죄를 바라지도 않았으니까. 그는 다만 고개를 떨구고 미간을 찡그린 채 고통을 참고 있었을 뿐이니까.

7일 동안 제대로 먹지도 자지도 못하고 예루살렘을 헤매느라 지칠 대로 지친 그는 자기 몫의 고통을 피하지 않겠다는 절박한 의지 하나로 십자가에 매달려 있었다. 그의 수척한 눈은 절망을 바라보고 있었지만 그렇다고 그의 눈에서 체념의 빛을 찾아볼 수는 없었다.

그는 죽음을 앞둔 모든 인간의 간절한 소망인 구원을 원하지 않았고 죽음 뒤의 달콤한 위안도 거부했다. 그는 죽음을 죽음으로 받아들였다. 그 다음은 없었다. 그렇기 때문에 죽음은 그를 힘겨운 삶에서 건져낸 구원이 될 수 있었는지 모른다.

십자가에 매달린 그가 구한 한 가지는 진실이었다. 그는 죽음으로 자신의 진실을 지켰다. 또 하나 그가 원한 것이 있다면 그것은 누군가에게 기억되는 것이었다. 나는 예수가 그를 기억할 것이라고 확신한다.

나는 마을이 불타고 연기가 솟는 하늘 저편으로 보이지 않는 시선을 옮긴다. 매캐한 연기 냄새와 시체가 썩어가는 냄새가 코를 찌른다. 나는 지팡이를 잡고 인도하는 소년에게 묻는다. 무엇이 보이느냐?

나의 목젖에서 떨리는 목소리가 가래와 함께 가르릉거린다. 시종 아이가 걸음을 멈추고 대답한다. 행랑이 무너진 잔해가 보입니다. 텅 빈 뜰과 패여나간 돌바닥 위에 쓰러진 사람들…….

나는 그것이 솔로몬 행랑임을 안다. 나는 소년의 부축을 받아 쓰러진 돌기둥에 기대어 무너진 돌을 어루만진다. 그해 봄, 구원을 갈구하던 순례자의 기도 소리와 희생양의 비명 소리와 이방인의 고함 소리가 들려오는 듯하다. 제물 장사꾼의 매대를 뒤엎고 소리치던 예수의 목소리도.

"저 성전을 무너뜨려보라. 내가 사흘 만에 다시 세울 것이다."

이 늙고 어리석은 자는 죽음을 눈앞에 둔 지금에야 비로소 깨닫는다. 그의 몸은 돌과 흙이 아닌 사랑으로 지은 성전이었다는 사실을.

알렉산드리아의 베스파시아누스는 로마로 가서 황제가되었다. 변방의 평범한 가문에서 출생한 그는 트라키아에서 근무했고 라인강 군단과 브리타니아 군단을 거친 군인이다. 그가 카르타고 총독에 부임했을 때 그곳에 들렀던 나는 그를 처음 보았다. 그는 현명한 지휘자였으며 합리적인 행정관이었고 자상한 상관이었다.

4년 전 유대인 반란 진압군 총사령관이 된 그는 4개 군단을 이끌고 갈릴리로 진군했다. 갑작스런 네로의 자살로 황제에 오른 갈바, 오토, 비텔리우스는 불과 몇 개월 만에 잇따라 의문의 죽음을 당했고 로마는 혼란에 빠졌다. 여러 동방 군단은 마침내 베스파시아누스를 황제로 추대했고 알렉산드리아에 머물던 베스파시아누스는 아들 티투스를 보내 예루살렘을 이 지경으로 만들었다.

나는 그가 황제의 자리에 합당한 인물이라는 사실을 부인할 생각이 없다. 하지만 이렇듯 잔혹하게 한 나라의 수도를, 한 민족의 성지를 도륙한 그를 이해할 수 없고 용서할 수도 없다. 다만 나는 황제 자리를 향한 야망에서 비롯된 그 잔혹함이 민수기 24장 17절에 근거하고 있다고 확신한다. 그보다 앞서 본디오 빌라도가 신봉했던 선지자 발람의 예언.

'내가 그를 보아도 가까운 일이 아니로다. 한 별이 야곱에게서 나오며 한 홀이 이스라엘에서 일어난다.'

알렉산드리아에 머물던 베스파시아누스가 그 예언을 몰랐을 리 없다. 그는 황제 자리의 대가로 유대인의 피가 필요했던 것일까? 로마인은 성지를 잔혹하게 유린한 그를 환대하고 원로원은 그의 황제 즉위를 승인했다. 발람의 예언은 이렇게 실현되는가?

나는 인간 세상의 권력이 무상하며 명성 또한 가뭇없음을 안다. 나의 날이 다하고 있다는 것도 잘 알고 있다. 지난 40년 동안 나는 후회와 자책감이란 십자가를 지고 살아왔다. 나는 그들의 죽음을 막지 못했고 그들의 죽음으로부터 도망치기에 바빴다. 나는 배반의 밤에 베드로가 그랬듯 그들을 모른 척했다.

죽음을 앞둔 지금에야 나는 하나의 이야기를 끝냈다. 가련한 살인자 마카베오 마티아스의 삶과 죽음에 대한 이야기를.

마지막 남은 약한 시력이 붉은 석양빛을 감지한 듯 눈꺼풀 안쪽이 발갛게 달아오른다. 나는 해골언덕을 향해 돌아앉는다.

소년이 심통 맞은 목소리로 투덜거린다. 이곳은 지옥 같아요.

나는 조용히 웃으며 대답한다. 그래 이곳은 지옥이야. 하지만 천국을 꿈꾸는 지옥이지.

그렇다 이곳은 굴욕을 참으며 영광을 꿈꾸는 예루살렘이다. 로마는 말발굽과 칼로 이 도시를 짓밟았지만 예루살렘은 믿음과 말로 살아남을 것이다.

나의 말을 이해하지 못한 소년은 고개를 갸웃거릴 것이다.

바람이 세차게 불어온다.

날아가는 새들의 날갯짓 소리가 들린다.

보이지 않는 눈에 눈물이 고인다.

밤이 다가온다. ■

예수 그리스도의 마지막 7일과

그 후의 행적에 관한 기록들

제1일 토요일

○ 제자들과 함께 베다니 마을에 도착하다.

○ 저녁에 마리아가 한 옥합의 향유를 예수의 머리에 부어
축복하다.

○ 제자들이 귀한 향유를 낭비했다고 그녀를 비난했지만
예수는 '저가 내게 좋은 일을 하였다'라고 칭찬하다.

제2일 일요일

○ 어린 나귀를 타고 예루살렘에 입성하다.

○ 군중들이 겉옷을 길에 깔고 종려나무 가지를 들고 흔들
며 '호산나 다윗의 자손이여'라고 환영하다.

○ 가까이에서 예루살렘 성을 보고 '네 원수들이 흙으로 언덕

을 쌓아 너를 둘러 사면으로 가둘 것이다'라며 한탄하다.

제3일 월요일

○ 아침에 성전으로 가는 길에 잎은 무성하지만 열매가 없
   는 무화과 나무를 저주하며 지도자들의 부패와 타락을
   비판하다.

○ 성전 행랑에서 장사하는 사람들을 내쫓고 제물 상인들
   의 의자를 뒤엎으며 '내 집은 만인이 기도하는 집이다. 그
   런데 너희는 그곳을 강도의 소굴로 만들었다'고 꾸짖다.

제4일 화요일

○ 제사장들과 랍비, 산헤드린 장로들이 예수의 권위에 대
   해 질문하다.

○ 가이사에게 공세를 바치는 것이 옳은지 질문하는 바리
   새인과 헤롯 당원들에게 '하나님의 것은 하나님에게, 가
   이사의 것은 가이사에게'라고 답하다.

○ 부활에 대해 묻는 사두개인들에게 '하나님은 죽은 자의
   하나님이 아니요 살아 있는 자의 하나님'이라고 답하다.

○ 성전을 떠나며 벽의 거대한 돌들에 감탄하는 제자들에
   게 '돌 위에 돌 하나도 남지 않고 다 무너질 것'이라고 예
   언하다.

제5일 수요일

○ 산헤드린 의원들이 예수를 죽이기 위해 논의하다.

○ 유다가 은 30냥에 예수를 팔기로 동의하다.

제6일 목요일

○ 예루살렘 시내의 다락방에서 유월절 만찬을 준비하다.

○ 제자들의 발을 씻기고 '내가 너희 발을 씻었으니 너희도
서로 발을 씻어주라'고 가르치다.

○ 제자들에게 빵과 포도주를 건네며 '이것은 내 살과 언약
의 피'라고 말하다.

○ 유다를 가리키며 '자신을 배반할 것'이라고 말하다.

○ 베드로에게 '새벽 닭이 울기 전에 자신을 세 번 부인할
것'이라고 말하다.

○ 겟세마네 동산에 올라 고통스런 기도를 올리다.

제7일 금요일

○ 가리옷 유다의 입맞춤으로 체포된 후 안나스의 저택으
로 끌려가다.

○ 베드로가 예수를 세 번 부인하다.

○ 안토니 요새 앞에서 빌라도의 재판을 받다.

○ 헤롯 안티파스에게 넘겨져 조롱당한 후 다시 빌라도에
게 십자가형을 언도받다.

○ 가리옷 유다가 자결하다.

○ 십자가를 지고 골고다 언덕을 오르다. 키레네 사람 시몬
이 대신 십자가를 메다.

○ 군인들이 머리에 가시관을 씌우고 십자가에 매단 후 그
의 옷을 찢으며 조롱하다.

○ 양편 십자가에 매달린 두 명의 강도 중 자신을 기억해달
라고 한 오른쪽 강도를 축복하다.

○ 오후에 십자가 위에서 '내 영혼을 아버지 손에 맡깁니다'
라고 말하며 죽음을 맞다.

○ 아리마대 요셉이 예수의 주검을 인도받아 무덤에 안치하다.

토요일

○ 무덤에 머무르다.

○ 로마군인들이 밤새 무덤을 지키다.

일요일

○ 새벽에 마리아와 막달라 마리아, 살로메가 시신에 바를
향료를 사서 무덤으로 가다.

○ 여인들이 돌문이 굴러 옮겨져 있고 무덤이 비어 있는 것
을 발견하다.

○ 천사가 여인들에게 '제자들에게 갈릴리로 가면 예수를
만날 것'이라고 전하라고 말하다.

　1. 이 글은 소설이다. 그러므로 허구이다.

　2. 등장인물들의 성격이나 당시 시대상 및 정치지형, 제도와 문물은 복음서를 비롯한 여러 기록을 바탕으로 했다. 다만 기록에 짧게 언급된 인물과 사건들을 소설적 상상을 통해 바라봄으로써 역사적 개연성을 유지하면서도 예수 시대를 더 풍부하게 이해할 수 있도록 노력했다. 그러므로 주인공과 일부 등장인물의 내면과 행동은 전적으로 상상력에 의한 소설적 재구성이다.

　3. 집필을 위해 복음서와 요세푸스와 타키투스, 필론에 관한 다양한 역사 자료와 여러 저서들을 참고했다. 예수 시

대의 예루살렘에 대한 방대한 정보는 괴팅겐 대학 신약학과 요아힘 예레미아스 교수의 탁월한 저서 《예수 시대의 예루살렘―신약성서 시대의 사회경제사 연구》(한국신학연구소번역실 옮김, 한국신학연구소, 1992)와 빌리발트 뵈젠의 《예수 시대의 갈릴래아》(황현숙 옮김, 한국신학연구소, 1998), 사이먼 시백 몬티피오리의 《예루살렘 전기》(유달승 옮김, 시공사, 2012)에서 큰 도움을 받았다.

예수의 행적과 그의 생애에 관한 프랑스 석학 에르네스트 르낭의 《예수의 생애》(최명관 옮김, 훈복문화사, 2003), 오리건주립대학교 종교문화학과 마커스 보그 교수와 미국 바울대학교의 존 도미닉 크로산 교수의 공저 《마지막 일주일》(오희천 옮김, 다산초당, 2012), 작가 노먼 메일러의 《예수의 일기》(조성기 옮김, 민음사, 2002)도 뛰어난 길잡이가 되었다.

그 외 일일이 이름을 열거하지 못하는 수많은 성서 연구자들의 연구서와 다양한 역사 해설서가 아니었으면 이 책은 세상에 나오지 못했을 것이다. 사전에 미리 허락을 구하지 못한 결례에 대해 지면으로나마 양해를 구한다.

밤의 양들 2 (전 2권)

1판 1쇄 발행 2019년 8월 30일
1판 2쇄 발행 2019년 9월 9일

지은이 · 이정명
펴낸이 · 주연선

총괄이사 · 이진희
책임편집 · 백다흠 박연빈
표지 및 본문 디자인 · 권예진
책임마케팅 · 이한솔
관리 · 김두만 유효정 박초희

㈜은행나무
04035 서울특별시 마포구 양화로11길 54
전화 · 02)3143-0651~3 │ 팩스 · 02)3143-0654
신고번호 · 제 1997-000168호(1997. 12. 12)
www.ehbook.co.kr
ehbook@ehbook.co.kr

잘못된 책은 바꿔드립니다.

ISBN 979-11-89982-47-8 04810
ISBN 979-11-89982-45-4 04810 (세트)